Y0-DJP-738

¿QUIÉN ES EL HOMBRE DE TUS SUEÑOS?

¿Es sexy? ¿Romántico? ¿Te deja sin aliento?

Queremos saber lo especial que es tu hombre.

¡Y que gane el concurso de modelo para una cubierta de una novela de Encanto!

Inscribe a tu hombre en:

EL CONCURSO DEL HOMBRE SOÑADO DE ENCANTO

El ganador recibirá:

¡Un viaje de tres días y dos noches, con todos los gastos pagados, a Nueva York!

Mientras esté en Nueva York, el ganador participará en una conferencia de prensa, una sesión fotográfica para una cubierta de Encanto, y disfrutará de compras, cenas, recorridos turísticos, teatros y ¡un sin fin de sueños hechos realidad en la Gran Manzana!

¡Y además el ganador saldrá en una cubierta de una novela de Encanto!

PARA PARTICIPAR: (1) Envíanos una carta donde nos digas en 200 palabras o menos por qué piensas que tu hombre debe ganar. (2) Incluye una foto reciente de él. Escribe la siguiente información, tanto sobre ti como sobre tu nominado, en la parte de atrás de cada foto: nombre, dirección, teléfono, la edad del nominado, su estatura y su peso.

LAS ENTRADAS DEL CONCURSO DEBEN SER RECIBIDAS EL 15 DE MARZO DEL 2000 O ANTES.

ENVÍA LAS ENTRADAS A:
Encanto Dream Man Contest
c/o Kensington Publishing
850 Third Avenue
NY, NY 10022

No es necesario comprar para participar. Abierto a todos los residentes legales de Estados Unidos, de 21 años de edad o mayores. Las entradas ilegibles serán descalificadas. Límite de una entrada por sobre. El concurso no es válido donde no es autorizado por la ley.

TENGO FE EN TI

Caridad Scordato

Traducción por
Omar Amador

Pinnacle Books
Kensington Publishing Corp.
http://www.pinnaclebooks.com

PINNACLE BOOKS son publicados por

Kensington Publishing Corp.
850 Third Avenue
New York, NY 10022

Traducción por Omar Amador

Primera edición de Pinnacle: Febrero, 2000
10 9 8 7 6 5 4 3 2 1

Impreso en los Estados Unidos de América

Para mi esposo, Bob, y mi hermana, Carmen, por darme apoyo y amor. Sin ustedes, no pudiera haberlo hecho.

CAPÍTULO UNO

Paul miró el cheque con los cinco ceros antes del punto decimal, lo dobló y, luego, lo hizo pedacitos.

—Stone —escuchó que alguien decía a sus espaldas, al tiempo que él recogía los pedacitos de papel en la palma de la mano y los tiraba en el cesto de la basura. Se volvió y sonrió mientras Connie González se le acercaba, con un sombrero de Santa Claus rojo brillante y ligeramente ladeado sobre la cabeza.

—Feliz Navidad, Speedy —respondió Paul, recostándose en la silla. Enlazó los dedos, colocó las manos sobre el estómago y estiró las piernas.

Connie le devolvió la sonrisa y se sentó en la punta del escritorio. Tenía las manos tras la espalda.

—Dicen que eres un aguafiestas y que no vas a ir a celebrarlo con nosotros. —Inclinó la cabeza en dirección a una de las salas para interrogatorios, donde se estaba llevando a cabo una improvisada fiesta navideña.

Mirando hacia otro lado, Paul se incorporó en el escritorio y, retraídamente, comenzó a darle vueltas al sobre de color vino que estaba sobre su escritorio.

—No soy fiestero —le respondió sin miramientos.

Connie trató de examinar el sobre sin que él se diera cuenta, pero Paul lo puso donde ella no pudiera verlo. Ella se encogió de hombros, se inclinó hacia adelante y dejó caer una caja larga y rectangular sobre el escritorio.

—No importa. Feliz Navidad, Stone.

Él miró fijamente la caja envuelta en papel de colores alegres, pero no la tocó.

—¿Qué es esto?

Connie suspiró impacientemente y empujó la caja hacia él.

—Un Mercedes Benz. Acaba de abrirlo. Ábrelo.

Paul se dio cuenta de que ella no sabía cuán posible era que él tuviera un regalo así. Tan sólo el cheque que sus padres le habían enviado cubriría casi todo el costo. Bueno, si lo cambiaba. Nunca lo hacía, pero todos los años ellos hacían lo mismo, y él se preguntó si algún día se darían cuenta. Poco probable, pensó, pasando los dedos por las rizadas cintas que adornaban el regalo.

—Vamos —lo instó Connie al verlo dudar.

Él la miró nuevamente.

—Yo no te compré nada.

Connie alzó la manos en un gesto de resignación.

—Eso no es necesario. Por favor, acaba de abrir el maldito regalo —insistió ella, aunque él no tenía dudas de que el tono de su voz era juguetón y que no estaba enojada.

Paul examinó la caja, dándole varias vueltas en las manos. Ella había dedicado tiempo a envolverlo bien. Las puntas estaban dobladas y pegadas con cuidado. El lazo estaba agarrado con un estampilla pegable que representaba a venados que tiraban de un trineo, y tenía escrito su nombre con la letra irregular de Connie.

—Es bien lindo, Speedy —dijo él para molestarla, con un fingido tono de muchacho bueno.

Ella se estaba irritando.

—¿Pero es que nunca has visto un regalo de Navidad? —ripostó ella, pero enseguida pareció arrepentirse cuando el rostro de él se endureció.

Paul luchó contra la apretazón que sentía en el pecho y contestó:

—Mis padres no suelen regalarme nada. Sólo cheques. Casi siempre están fuera la mayor parte de los días de fiesta. —Algo, no sabría decir qué, lo hizo abrirse a ella, y esto lo ayudó a aliviar un poco la tensión que sentía. Lo ayudó a aliviar parte del dolor que había mantenido oculto durante tanto tiempo.

Paul señaló al sobre que estaba sobre su escritorio y Connie lo recogió, observando el cuño de procedencia.

—¿Suiza? —preguntó, evidentemente contrita de haberlo hecho sentirse mal.

Él asintió ligeramente, juntó las manos e hizo con ellas un gesto de zigzag.

—En estos mismos momentos, mis padres se están deslizando por alguna ladera de los Alpes.

—¿Tienes alguien...?

—Un hermano mayor que en estos momentos está metido de lleno en un divorcio muy desagradable. Está pasando las Navidades tratando de que su mujer, de la que pronto se divorciará, lo deje ver a sus hijos —dijo Paul, pensando que, incluso si Simon no estuviera ocupado, era poco probable que se hubiesen reunido.

—Lo siento, Paul. —Le puso una mano sobre el hombro, pero él se sacudió. No necesitaba su conmiseración.

—No lo sientas —dijo él ásperamente—. Yo no lo siento.

A pesar de esas palabras, Connie sintió que aquello lo molestaba profundamente.

—Voy a ir a casa de mis padres para la Nochebuena.

Paul sacudió la cabeza, sin entender.

—¿Qué es Noche...

—Buena —terminó ella por él—. Christmas Eve. Es nuestro gran día de fiesta, junto con el Día de los Reyes Magos.

Él no entendía eso tampoco.

—¿Qué es... esa cosa que dijiste después?

—Los Tres Reyes Magos —respondió Connie—. The Epiphany. En enero.

—Oh —respondió él, aunque seguía sin entender realmente. Su familia nunca había sido dada a la religión. Bueno, a no ser quizás la religión del dinero.

Connie prosiguió.

—En fin, la víspera de Navidad nos reunimos y hacemos una gran cena. Si no tienes planes para esta noche, pensé que...

—No sabría qué hacer —dijo él con incomodidad, pero tomó el regalo nuevamente, pasando el dedo por la curva del lazo rojo.

Connie se rió.

—Eso es fácil, Stone. Comemos, conversamos. Tomamos un descanso y después seguimos comiendo. Abrimos algunos regalitos. Los regalos grandes tienen que esperar por Santa Claus. Después de los regalos, hablamos, comemos un poco más.

—No sé, Connie. De verdad, te agradezco la invitación, pero probablemente me voy a sentir fuera de lugar.

Connie vaciló, luego sacó una tarjeta de presentación de su bolsillo, la viró y escribió algo en ella.

—Si cambias de parecer, ésta es la dirección de mis padres y su número de teléfono. Piénsalo, Paul, por favor. Vas a pasarla bien.

Él sonrió, apreciando su preocupación.

—Gracias, Connie. No sabes cuánto significa esto para mí.

Ella se inclinó hacia adelante y le dio un rápido beso en la mejilla antes de marcharse.

Viéndola irse, Paul pensó en lo dichoso que era su nuevo esposo de tener una mujer así a quien amar. Él miró de nuevo la caja, desató con vacilación el brillante lazo y, cuidadosamente, separó el papel pegado con cinta adhesiva. Sacó la caja del envoltorio y poco a poco la destapó, sonriendo al ver la corbata que estaba dentro. Eran personajes de los dibujos animados que se perseguían entre sí a lo largo de la corbata como si fueran los atarantados policías de la películas silentes. Ella siempre lo estaba fastidiando acerca de sus corbatas, diciéndole que eran muy sosas. Esto se había convertido en un chiste constante entre ellos.

Riendo entre dientes, cerró la caja, la envolvió nuevamente con cuidado y decidió ponerse la corbata cuando viniera al trabajo el lunes, después de las fiestas. ¿Qué fiestas?, ripostó la fastidiosa vocecita dentro de su cabeza. No tenía planes para el próximo fin de semana largo. Nadie a quien visitar. Nadie con quien compartir el espíritu de Navidad. Se preguntó por qué era eso así. Hasta el peleón viejo Scrooge del cuento de Navidad había tenido familia que se preocupaba por él.

Colocó la caja dentro de su maletín, se sentó de nuevo en la silla y tocó la tarjeta de presentación que ella había dejado sobre su escritorio. Se imaginaba a Connie y a su familia alrededor de la mesa, haciendo justamente lo que ella había dicho. Comiendo, conversando, riendo. Se imaginaba a sí mismo en su casa, mirando la televisión y comiendo otra comida congelada y calentada en el microondas.

Nada de eso, pensó, y se metió la tarjeta en el bolsillo. Se levantó, respiró profundamente y caminó hacia la sala de interrogatorios donde la fiesta estaba en su apogeo.

Paul se detuvo ante la puerta, vacilante, jugueteando con las dos cajas que llevaba en las manos. Durante un instante, consideró darse la vuelta y regresar a su casa, pero esa idea no lo atraía. Sin embargo, la posibilidad de penetrar en este mundo sencillamente lo intimidaba.

Echó una ojeada a aquella vecindad donde nunca había estado. Los sitios que él frecuentaba eran los de la clase alta, no estas manzanas que, evidentemente, eran de hogares de clase media en un barrio cubano de la ciudad. Sin embargo, la mayoría de las casas en esta calle se veían limpias y bien cuidadas, orgullosamente decoradas con adornos navideños para las próximas festividades.

Respiró profundamente para darse ánimos y, al tiempo que olía un aroma tan delicioso que le estremeció el estómago, tocó a la puerta, esperando que alguien pudiera oírlo por encima de la bulla de la música y las conversaciones que venían del interior. Esperó unos minutos, pensó de nuevo en marcharse, pero cuando estaba a punto de volver a tocar, la puerta se abrió de golpe.

Esta duendecilla de estatura relativamente alta que estaba frente a él no podía ser de verdad, pensó, y revisó otra vez la dirección. Era la casa correcta; se encogió de hombros y preguntó:

—¿Es esta la residencia de los González?

Carmen González lo miraba fijamente, pensando que este americano se había equivocado de barrio. Sin embargo, había preguntado por la residencia de los González, aunque "González" era un apellido tan común como "Smith" y, de todos modos, era posible que se hubiera equivocado de barrio.

—Sí, es aquí. Pero, perdóneme, ¿quién es usted?

—Paul Stone —respondió él, y Carmen se sorprendió de la idea que se le ocurrió enseguida. Este hombre, superapuesto y, aparentemente, bien educado, no podía ser el mismo Paul Stone que le había fracturado el brazo a su hermana y que había atormentado a Connie durante todo su tiempo en la academia. Ese Paul Stone la habría mirado con aire superioridad a ella y a la modesta vivienda de su familia.

—¿Se encuentra Connie? —preguntó Paul, y mientras que la joven se volvía para llamar a alguien entre el tumulto de personas que había en la casa, él disfrutó mirándola; se dio cuenta de que esta debía de ser la hermana menor de Connie.

Era más alta que Connie, medía por lo menos 5'6" aproximadamente. Era sexy de manera muy distinta a Connie, que era de baja estatura. Esta chica —porque también era joven— tenía curvas perfectas. Las tenía todas, pensó nuevamente, admirando como el suéter rojo se le pegaba a los senos y sus pantalones de vestir apretaban sus amplias caderas y su breve cintura.

Y estaba preparada para la estación. Al igual que su hermana esa mañana, llevaba en la cabeza una gorra de Santa Claus, y una campanita navideña le colgaba del cuello, pendiente de una cinta roja. La campana caía en la concavidad formada por sus abultados senos.

Ella le dirigió otra rápida mirada y él sonrió, apreciando su rostro de duende. Hacía poco, Connie se había lamentado de la decisión de su hermana de hacerse un corte de pelo que ella llamaba "de marinero", pero no se parecía para nada a eso. Su cabello, de un castaño oscuro, estaba recortado muy pegado a la cabeza, lo que ayudaba a destacar un rostro que no era de una belleza clásica. Era la cara de un hada, insolente y provocativa. Tenía labios gruesos, pintados de un rojo brillante e intenso. La nariz era recta y pequeña. Sus cejas y sus ojos, oscuros como chocolate, sabroso y tentador, eran su rasgo más atractivo. Eran expresivos y capaces de reflejar todo lo que le pasaba por la mente: en este caso, el hecho de que ella, evidentemente, no creía quién era él y qué estaba haciendo en la puerta de su casa.

Ella se sonrojó al darse cuenta de como él la examinaba.

—¿Por qué no entra? —Mantuvo la puerta bien abierta y le hizo ademán de que entrara.

—Me imagino que eres Carmen —le dijo él, quedándose parado torpemente en el recibidor de la casa, esperando a que Connie apareciera.

Ella asintió con la cabeza.

—Te imaginas bien. —Sus ojos lo retaban, como si dijeran "Sí, ¿y qué pasa con eso?" Por algún motivo, y Paul podría pensar en varios de ellos si se hubiera tomado el tiempo para ello, esta mujer daba claras muestras de que él no le agradaba.

Se evitó tener que seguir hablando cuando Connie vino, se acercó a él y lo abrazó discretamente.

—Me alegro de que hayas decidido aceptar mi oferta. —Connie se volvió e inclinó la cabeza hacia su hermana—. Creo que ya conociste a mi hermana, Carmen.

A Paul le dio gusto ver como ella trataba de salir del aprieto.

—En realidad, no. No nos han presentado formalmente. —Él extendió una mano, retándola a que la tomara—. Paul Stone. Trabajo con tu hermana.

Carmen lo miraba a él y a la mano que le ofrecía como si fueran objetos de otro mundo. Miró furiosamente a su hermana, quien asintió y dijo:

—Paul y yo nos hemos hecho amigos en los últimos meses.

Carmen sopesó lo que su hermana acababa de decir, y le pareció difícil de creer. Pero tenía que ser cierto si Connie había invitado a este hombre a una fiesta familiar a la que sólo podían venir los amigos y la familia. Carmen se encogió de hombros, tomó la mano de Paul y le sorprendió el cosquilleo que sintió mientras él la apretaba, estrechándola durante más tiempo del necesario.

Ella miró fijamente sus ojos de un verde profundo, con matices azulosos como la laguna de una selva tropical, y luchó por resistir la calidez de su mirada.

—Encantada de conocerlo, me imagino.

Él sonrió, se inclinó a ella y le susurró:

—¿Es algo especial que yo tengo... o son todas las cubanas tan difíciles?

El calor de su aliento le rozó la mejilla, tentándola a acercar su rostro para acortar la distancia necesaria para que esa calidez quedara pegada a ella. Pero, en lugar de eso, se separó.

—Tal vez somos sólo las hermanas González, que sabemos huir de un americano bonitillo como tú.

Paul se enderezó y se rió entre dientes.

—Bueno, por lo menos crees que soy bonito —dijo, y le entregó a Connie las cajas—. No podía venir con las manos vacías. La grande es para tus padres. La otra es para ti. —Se rió con ironía, alzó las manos en el aire y se acercó a Carmen—. Me parece que te has portado mal, porque Santa te dejó fuera de su lista.

Carmen le echó una mirada furiosa y se fue hacia la otra habitación.

Él miró a Connie y se encogió de hombros.

—¿Qué le pasa a ella?

Connie lo pensó un instante antes de responderle:

—No trates de enterarte de qué es lo que le pasa —enfatizó, acercándose a él y enterrándole un acicalado dedo en el pecho—. Esa es mi hermanita y quiero que la trates bien.

Paul le agarró el dedo y se lo agitó juguetonamente.

—Mira, Speedy, te aseguro que soy un perfecto caballero. Si le pido a tu hermana que salga conmigo, me voy a portar bien. —Él estaba seguro, pensó maliciosamente, de que lo más probable es que ese "si le pido" fuera un "cuando le pida", a pesar de la acogida menos que cordial de su hermana.

—Recuerda, Stone. Sé dónde vives y tengo una pistola.

CAPÍTULO DOS

Connie le había advertido que comerían, conversarían y luego, finalmente, volverían a comer. Hasta ahora, la Nochebuena había sido eso exactamente. Una larga y sabrosa experiencia culinaria. Paul estaba sentado junto a Carmen, y frente a Connie y su nuevo esposo, Víctor. La cena había comenzado con una variedad de mariscos fríos como aperitivos, y ahora ya habían llegado al plato fuerte de pierna de cerdo asada con una serie de platos acompañantes.

Carmen le había pasado los platos que iban recorriendo en redondo la mesa familiar, ayudándolo a escoger cosas de las que él ni siquiera había oído hablar jamás. Yuca, una raíz muy almidonosa parecida a la papa, pero sazonada con cítricos, ajo y cebollas salteadas en aceite de oliva. El arroz sí lo conocía, pero los frijoles negros con que los sirvieron resultaban interesantes y muy auténticos, como la gente con quien estaba compartiendo esta comida.

—¿Qué es esto? —preguntó él cuando Carmen le pasó otro plato.

—Son plátanos maduros fritos. Son muy dulces. Los de Connie son tostones, que son plátanos verdes fritos —respondió ella, y se inclinó hacia adelante hasta el otro extremo de la mesa—. Son duros y saben más como un vegetal cuando se fríen así. Pruébalos con un poco de esa salsa que está frente a ti.

Paul se estiró hacia adelante y tomó el pozuelo con el mojo. Había en él pedazos de cebolla picadita, más ajo, aceite de oliva y jugo de cítricos. Probó un pedacito de cada plátano, siguiendo la sugerencia de Carmen. El resultado fue delicioso; él asintió, murmurando con aprobación.

Ella le lanzó una sonrisa vacilante que le hizo latir aceleradamente el corazón y luego siguió pasando los platos de comida alrededor de la mesa.

El plato principal era la pierna de cerdo asada, adobada con una variedad de especias y zumos de cítricos. Este era el aroma celestial que él había olido en la puerta de entrada, y se le hizo la boca agua cuando Carmen le puso un pedazo de carne en el plato. La probó y fue recompensado con una mezcla deliciosa de sabores y la tierna textura de la suculenta carne de cerdo.

—Oye, Speedy, esto es absolutamente delicioso — dijo con un gemido de placer y una sonrisa.

Connie sonrió.

—Me alegra que te guste, Paul.

—A ella no le gusta que le digan Speedy —interpuso Carmen en un tono tenso. Le disgustaba la comparación con Speedy González, el ratoncito latino de los dibujos animados que siempre estaba apresurado.

Paul se volvió y observó que, evidentemente, Carmen estaba enojada. Estaba tiesa y se había enderezado aún más en la silla.

—¿Perdón? —dijo él.

—No me gusta que me llames Speedy —replicó Connie pausadamente desde el otro lado de la mesa, fulminando con la mirada a su hermana. Paul sintió que ella estaba tratando de evitar una discusión.

—Lo siento, Connie —comenzó a decir—. Es un personaje español tan gracioso que...

Carmen saltó, dando un golpe sobre la mesa con uno de sus cubiertos.

—Speedy González no es español, sino mexicano. Ellos son buenísima gente, pero nosotros no somos mexicanos. Somos cubanos —le riñó Carmen, con una mirada muy seria en sus ojos oscuros.

Paul alzó las manos en un ademán defensivo.

—No fue mi intención...

—Y además de eso —continuó Carmen, enfatizando su argumento sacudiendo el dedo en el aire, casi frente al rostro de él—, ese personaje tiene varios estereotipos étnicos negativos.

Paul se inclinó hacia atrás, no sólo por la vehemencia de su exabrupto, sino también por su sinceridad. Miró a Connie al otro lado de la mesa, notó el rubor de su rostro y se preguntó si se debía al exabrupto de su hermana al defenderla. De todos modos, él quería aclarar las cosas, sobre todo debido a que los de la otra punta de la mesa habían escuchado parte de la discusión y estaban mirando ahora hacia él, sentados en silencio y esperando por su respuesta.

—Lo siento, Connie. Te llamé Speedy debido en parte a la ignorancia que tu hermana ha sido tan gentil en señalarme. —Miró de refilón a Carmen y se sorprendió de verla, al parecer, molesta por la atención que había despertado—. Pero también te lo decía porque admiro todo lo que puedes hacer, aunque seas tan pequeñita. No te volveré a llamar así.

Connie trató de decir algo y balbuceó un instante.

—Bueno, pues gracias. —Clavó la mirada en su hermana—. Carmen, ¿no crees que...?

—¿Que le debo una disculpa al señor Stone? Lo siento —replicó rápidamente, pero él pudo notar que seguía disgustada.

Paul examinó a las aproximadamente quince personas que estaban apretujadas en un área en la que, en su casa, no habrían cabido más de ocho a diez personas sentadas. Los familiares y los amigos estaban haciendo gestos de aprobación y susurrando entre ellos, pero él pudo observar que todos estaban sonriendo y que el momento de tensión había pasado. Al otro lado, Connie había seguido hablando con su esposo, y cuando Víctor se inclinó hacia ella y susurró algo al oído de Connie, ella se sonrojó. Puso una mano sobre el brazo de Víctor, y Paul observó fugazmente una llamarada de deseo en la cálida mirada de ella. Se volvió para no entrometerse en ese momento tan privado.

—Son increíbles —escuchó decir junto a él, con su suspiro. Carmen, al parecer, también había visto la interacción. Él se sorprendió del tono melancólico de su voz.

Paul se volvió para mirarla y Carmen se arrepintió de haber dejado escapar ese comentario. Lo menos que ella deseaba era trabar conversación con este hombre, sobre todo cuando él lograba hacerla reaccionar aun sin proponérselo.

—Ella lo quiere muchísimo, ¿no es verdad? —preguntó él, aunque no cabían dudas de los sentimientos de Connie por su marido. Se le veían en el rostro.

Y Carmen no había tenido dudas acerca del matiz de añoranza, inclusive de soledad, en los ojos de Paul, lo que la sorprendió. Fue como si ella hubiese, en cierta forma, descubierto sus emociones, lo que la hizo sentirse ligeramente incómoda. Así y todo, tuvo que responderle.

—Fueron hechos el uno para el otro, aunque han tenido sus problemitas.

Paul asintió.

—Lo recuerdo. Tu hermana estaba muy deprimida. Yo le decía Grumpy en esa época. ¿Estaba bien eso? —le preguntó, alzando una de sus rubias cejas en gesto de interrogación. Temía que a ella le pudiera disgustar que comparara a su hermana con el enano de Blancanieves que siempre estaba de mal humor—. No te vas a enojar, porque Connie es bajita, pero no una enana ni nada por el estilo, ¿no? —le dijo para fastidiarla.

La vergüenza y la cólera al mismo tiempo hicieron que un calor le subiera a ella hasta las mejillas.

—¿Es que siempre logras enemistarte con la gente que conoces? —le preguntó, esperando no ser la única persona que reaccionaba así ante él.

Entonces, él le sonrió y la sonrisa lo transformó, desplazando la tristeza que a ella le había parecido ver antes.

—Sólo con la gente que me gusta. —Ahora se mostraba muy confiado, muy hombre, y esto hizo que el corazón de Carmen se acelerara un poquito, enviando una sensación de calidez a partes de su cuerpo que ella, ciertamente, no deseaba que se calentaran.

—No me cuentes entre ese grupo escogido —le respondió, intentando poner de nuevo su atención en la comida.

Pero la risa de Paul la sorprendió. Era una risa profunda, sincera, que hizo que ella lo volviera a mirar.

—Qué bien, eres rápida —le dijo—. Eres lista como tu hermana —prosiguió, lo que la tomó desprevenida. Nunca había dudado de su propia inteligencia, pero nadie nunca la había comparado con Connie.

—Puedo defenderme sola —confesó, pero sin admitir cuánto la había complacido el comentario de él.

—Apuesto a que sí, querida. ¿Por qué no me dices por qué te desagrado tanto? —le preguntó, acercándose a ella.

Carmen miró a su alrededor para ver si encontraba a alguien que la salvara de responder, pero todos estaban conversando y totalmente indiferentes a lo que sucedía entre ellos dos. Era extraño que, con toda esta gente y esta actividad alrededor, al estar él a su lado todo lo demás parecía desvanecerse. Ella alzó la vista hacia él y levantó ligeramente la barbilla en un gesto desafiante.

—Comencemos con que tú le fracturaste el brazo a mi hermana.

Él tuvo la delicadeza de sonrojarse.

—Eso fue un accidente que no debía haber sucedido. Jamás se me ocurrió que podía pasar, aunque yo tenía la intención de hacer todo lo posible por tumbarla de nalgas sobre la colchoneta.

Ella sonrió y se preparó a dar el golpe de gracia.

—Me parece recordar que fueron las nalgas de otra persona las que mordieron el polvo.

Paul sonrió peligrosamente y se inclinó hacia ella.

—Querida —le susurró, en tono sorpresivamente íntimo—, si te hace feliz saberlo, tu hermana casi me arruina la joyas de la familia.

Ella no pudo contenerse y comenzó a reírse nerviosamente.

—Eres tremendo —tuvo que admitir, asombrada de que él le confesara que su delicada y pequeñita hermana casi lo hubiera dejado sin su hombría.

—Bueno, me alegro de que pienses así. Acabas de unirte a ese grupo selecto, porque me parece que puede que yo te agrade un poquito.

Ella se volvió y sólo en ese momento se dio cuenta de cuán cerca estaban el uno del otro. El aliento de él abanicaba los labios de ella y, durante un traicionero momento, ella deseó saborearlos y se le acercó un poco más. Pero cuando Carmen alzó la mirada, pareció que él se dio cuenta de todo, con lo que ella se alejó, evitando la llamarada de interés que había en sus ojos color esmeralda.

—Tengo que ayudar a recoger —dijo ella, y se levantó, tomando el plato vacío de él y también el de ella, dirigiéndose entonces hacia la cocina.

Paul vio como se alejaba y, cuando puso nuevamente su atención en la mesa, se dio cuenta de que Connie lo estaba mirando fijamente.

—Es muy... muy interesante —dijo él a modo de explicación.

Connie lo miró entrecerrando los ojos y estudiándolo, pero luego le lanzó una risita irónica, movió un dedo hacia él al levantarse de la mesa y comenzó a recoger los platos vacíos.

—Recuerda, Stone. Tengo un revólver y sé cómo usarlo.

Él se rió, sacudiendo la cabeza. Al otro lado de la mesa, el esposo de Connie se levantó, recogió unos cuantos platos más y dijo:

—Ellas son un caso, pero ¿sabes?, valen la pena.

Paul pensó en Carmen, encantadora, inteligente, pero también difícil, y sonrió.

—Sí, Víctor. Es posible que tengas razón.

CAPÍTULO TRES

Paul pensó que la cocina era una locura. Las mujeres iban y venían de un lado para otro, guardando la comida, preparando los platos para lavar, pues para su sorpresa no había lavadora de platos en la pequeña cocina. Colocó los platos vacíos sobre la meseta y le preguntó a la mamá de Connie si podía ayudar en algo.

—No, no, gracias. Usted es visita. Por favor. Vaya y siéntese, o salga a caminar. En un ratito llevamos el postre —ofreció ella generosamente.

Paul vaciló. Víctor tenía puesto un delantal pequeñito, floreado y con fruncidos, que apenas le cubría su amplio pecho. Cuando Víctor levantó la vista y notó su divertida risa burlona, le dijo riendo:

—Sálvate mientras aún estás libre, Paul. Estoy haciendo esto para que no me castiguen. —Entonces, Víctor levantó las manos como el cirujano que era y fingió ponerse serio—. Enfermera, mis guantes, por favor.

Carmen le agitó suavemente los guantes de látex en la cara, luego se ablandó y los deslizó en las manos de Víctor, imitando los gestos de una enfermera antes de entrar al salón de operaciones.

—Gano tarifa doble los días de fiesta —le dijo ella bromeando a su supuesto jefe, quien sólo le hizo una mueca burlona y movió la cabeza.

—No me respetan —dijo Víctor entre dientes y se dirigió hacia el fregadero para enfrentarse a la loma de platos sucios que había que fregar.

Paul experimentó un sentimiento de añoranza. No cabían dudas del amor que había aquí. De niño, había envidiado a las familias como ésta, tan unida y bien llevada como los Cleaver, una familia ideal que aparecía en un programa de televisión de los años sesenta. Él nunca había tenido nada ni remotamente parecido mientras crecía, ni hasta el momento presente. Por eso era que estaba aquí ahora, gracias a la generosidad de Connie. Y en un impulso providencial, decidió que no iba a dejar pasar este momento. Porque esta noche, en la que se suponía que sucedieran milagros, él sería parte de esta familia cariñosa y atenta.

Paul se quitó la chaqueta deportiva, la colocó sobre el respaldo de una silla de la cocina y agarró un delantal tan frufrú como el otro. Se lo puso, se arremangó la camisa y se unió a Víctor en el fregadero.

—Yo seco —dijo, y Víctor lo miró y sonrió.

—Estoy celoso. Tú te ves mejor que yo con esa cosa puesta. Entonces debe de ser cierto.

—¿Qué? —preguntó Paul, sorprendido de la sensación de inmediata camaradería que sentía con este hombre.

—Los rubios se divierten más.

Los dos hombres rieron al unísono y siguieron fregando y secando mientras conversaban amistosamente sobre sus trabajos y sobre Connie y Carmen.

Ya casi habían terminado cuando Carmen se les acercó, moviendo de un lado a otro un pedacito de algo —Paul no podía ver qué era— que llevaba colgando entre los dedos.

—Un regalito de la cocinera —dijo, ofreciéndole el pedazo a Víctor.

Víctor sacudió la cabeza, señalando hacia Paul.

—Deja que el gringo la pruebe —dijo, y Paul se dio cuenta de que bromeaba.

Carmen vaciló. Por fin se acercó un poco a Paul y levantó el oscuro pedacito de algo que parecía carne. Él se inclinó hacia adelante y ella lo acercó a sus labios, pero no mucho, obligándolo a hacer el movimiento final.

Él le agarró la muñeca para mantenerle firme la mano y colocó los labios alrededor de la carne.

Suponiendo que no tenía otra alternativa, o al menos esperando que así pareciera, él continuó con la mano de ella agarrada y lamió los dedos que habían sostenido el sabroso y ligeramente crujiente pedacito de carne.

Carmen sintió un cosquilleo en la parte de los dedos que él había tocado. La muñeca le temblaba con el calor de Paul.

—Se llama chicharrón. Es el pellejo de la pierna del cerdo.

Ella esperaba que él se impresionara desagradablemente, pero lo único que hizo fue sonreír y responder:

—Delicioso.

—Gracias —dijo ella, pero Paul se le acercó aún más, murmurándole en voz baja:

—Yo no estaba hablando del cerdo.

A Carmen le subió un calor por la garganta y le cubrió las mejillas. Retiró la mano y estaba a punto de responderle mordazmente cuando su madre llegó junto a ella, anunciándole que era hora de servir el postre. Carmen se mordió la lengua, pero le echó una mirada furiosa mientras él terminaba de secar el último plato, se secaba las manos y se quitaba el frívolo delantal. Con un gesto, él la invitó a que se le adelantara de vuelta hacia el comedor.

Ella siguió a su mamá y caminó hasta la mesa, donde Paul le sostuvo una silla para que se sentara. Se sentó y luego él se le unió. Un momento después, Carmen tomó la bandeja de postres que Víctor le había pasado y se la ofreció a Paul. Este vaciló, sin duda poco familiarizado con los dulces cubanos, pero Carmen cedió un poco y lo ayudó a seleccionar unos cuantos, aunque sin explicarle de qué se trataban, para sorprenderlo.

—Prueba éste primero. —Señaló un dulce mojado, en forma de cono, que él mismo había puesto en su plato.

Paul vaciló, la miró a ella y luego al postre, con una expresión de confusión en el rostro.

Carmen resopló con un gesto de enfado, agarró el tenedor de él, cortó un pedazo y lo llevó a los labios de Paul. Él sonrió burlonamente, le guiñó el ojo y mordió el pastel. Un segundo después, hizo una mueca, tragó y tomó su vaso de agua, vaciándolo casi por completo.

—¿Qué fue eso?

Ella se rió y puso su atención en su propio plato.

—Es un dulce empapado en ron, miel y azúcar. —A ella misma nunca le había gustado.

—Ah, ya veo —le oyó ella contestar—. Yo hago... bueno, cualquier cosa y tú me pones un insecto en el sándwich, ¿no es cierto?

Ella cerró los ojos, queriendo morirse al ver el análisis del comportamiento de ambos y de cuán cerca estaba él de la verdad. Estaban comportándose como dos escolares que no sabían cómo lidiar con el primer impulso de interés en el sexo opuesto. Pareció que a ella le nació un interés repentino por los dibujitos del plato, evitando la mirada de él, y musitó:

—Lo siento.

—Mmmm. —Él tomó con su mano la barbilla de ella y aplicó una leve presión para hacerla girar la cabeza hasta que lo mirara de frente—. ¿Tienes la amabilidad de repetir eso?

—Pues no.

Paul pasó el dedo por el hoyuelo de la barbilla de Carmen y luego le rozó la mejilla con la mano.

—Está bien. ¿Estás dispuesta a declarar una tregua?

La piel le quemaba donde él la había tocado, y sentía resequedad en la boca y una apretazón en el pecho. No era usual en ella alterarse tan fácilmente, tan rápidamente. Sobre todo por causa de un hombre al que apenas conocía, y eso la asustaba. Tal vez había sentido eso desde el principio, desde el momento en que él había entrado a su casa. Y tal vez fue por eso por lo que había estado tratando de mantenerlo a distancia. Una tregua significaba que tendría que bajar esa barrera, aunque fuera sólo un poco.

Miró hacia el otro lado de la mesa, a su hermana y a Víctor, que eran claros ejemplos de hasta dónde podían llegar las cosas si en ocasiones una se arriesgaba y tenía un poco de fe. Ella le devolvió la mirada al hombre sentado a su lado, este americano muy rubio y muy bien parecido que había puesto tanto empeño en hacer bien las cosas esta noche, y asintió, ofreciéndole la mano.

—Tregua —respondió suavemente y él le regaló una sonrisa amplia y sincera, y un matiz de promesa en su mirada.

El resto de la noche pasó demasiado rápidamente y Carmen se preguntó cómo era posible sentirse como una niña otra vez, esperando que llegara Santa Claus. Tal vez era por este hombre y por la posibilidad de lo que podría venir.

Después del postre, sirvieron unos sándwiches de miniatura y otros bocadillos a quienes estaban todavía a la mesa. En la pequeña sala de la casa habían separado un área reducida, y los padres pusieron algunos discos con música antigua de Cuba para bailar. Carmen vio cómo sus padres, entregándose uno en brazos del otro, bailaban con soltura los pasos de la música. Pronto, Connie y Víctor se les unieron, y Carmen suspiró, contenta ante la alegría y el amor evidentes en el rostro de su hermana mientras bailaba con el hombre con quien se había casado hacía sólo unos meses.

—¿Me enseñarías cómo se hace? —le preguntó Paul mientras se paraba a su lado. Carmen se levantó y le ofreció la mano.

Él se acercó y ella le ayudó a colocar las manos, una en su cintura, la otra en la mano de ella. La música era la de un danzón, uno de los estilos tradicionales de bailes cubanos. Por suerte, uno de los estilos más lentos. Ella le mostró el conteo de pasos, moviendo los pies lentamente.

Paul trató de seguirla, con la cabeza hacia abajo, tratando de seguir su conteo y sus movimientos, pero se hizo claro a los pocos minutos que aquello no tenía remedio. Él se quejó, alzando angustiado la vista hacia ella.

—Debí haberte dicho que no sé dar un paso.

Carmen se rió y siguió tratando. Le puso las manos sobre los hombros y lo atrajo hacia ella mientras la música terminaba y Connie ponía otra cosa en el tocadiscos. Se escuchó una suave balada de *Miami Sound Machine.*

—Me parece que vamos a tener que hacerlo de la forma tradicional americana —dijo ella, y se deslizó entre sus brazos, obligándolo a un sencillo paso de uno-dos.

Paul no iba a llevarle la contraria. La mantuvo junto a él, pero no demasiado cerca en consideración a su familia, y se movió al ritmo de la música, confiando siempre en no pisarla. Ella debió haber sentido la tensión del cuerpo de él, porque murmuró suavemente:

—Relájate. Los dedos de mis pies pueden aguantarlo.

Él aspiró profundamente y se entregó a la caricia de las manos de ella sobre sus hombros, de la sensación de su breve cintura bajo sus dedos. Con cada giro de sus caderas, sentía el movimiento de sus músculos, y se preguntó cómo lucirían esas adorables curvas debajo de la ropa. La frente se le perló de gotas de sudor y Paul se sacó aquella imagen de la mente.

Desafortunadamente, la canción terminó y vino luego una rápida, que él sabía que nunca podría bailar. Se disculpó, se secó en el pantalón las sudorosas palmas de las manos y se dio cuenta, por primera vez, de que él era el único que quedaba. La mayoría de los otros familiares y amigos se había marchado sin que él lo notara. Una rápida ojeada a su reloj le indicó que ya era hora de que él también se fuera.

—Creo que debo irme —le dijo a ella y se sintió en cierto modo complacido de su momentánea mirada de pena.

Carmen asintió y lo llevó a donde estaban sus padres para que pudiera agradecerles por la invitación.

—Muchas gracias —les dijo en español, lentamente; sonaba extraño en sus labios, pero de todos modos ella reconoció su mérito por hacer el esfuerzo.

Sus padres estaban rebosantes de alegría y él les devolvió la sonrisa; luego llamó a Connie:

—Oye, Spee... Connie. Te veo el martes. Gracias.

Connie y Víctor le dirigieron un saludo con las manos, sin deseos ninguno de los dos de abandonar los brazos del otro para despedirse de él.

—Cuídate, Paul. Feliz Navidad —le contestó Connie, y Paul sonrió alegremente.

—Tal vez es posible que así sea —dijo, echándole una fugaz mirada a Carmen.

Ella lo acompañó hasta la puerta y salió con él hacia el exterior. Él se volvió a ella, que se detuvo en el portal, abrigándose con sus propios brazos para resguardarse del aire fresco de la noche.

—Me alegro de haber hecho esa tregua —admitió él, estirando la mano para pasarla por el brazo de ella.

Carmen casi odiaba tener que admitirlo, pero ella también sentía lo mismo.

—Yo también me alegro —dijo por fin, y se quedó ahí parada, incómoda junto a este hombre. Sintiendo que no sabía qué hacer a continuación, lo cual era algo nuevo para ella. Pocas veces en su vida se había sentido tan vacilante como ahora.

Él, que aún le llevaba unas cuantas pulgadas a pesar de que ella estaba sobre el portal, bajó la vista hacia Carmen. Ella se dio cuenta de que la sacaba de sus cabales toda esa masculinidad esperando frente a ella, aguardando algo, y tan vacilante como ella.

—Me imagino que ya es hora de irte. Me gustó mucho conocerte —ella le ofreció la mano y la mantuvo alzada en lo que esperó fuera un gesto neutral.

Paul sonrió y miró su mano, y enseguida volvió a mirarla a la cara. Le tomó la mano, tiró de ella suavemente de manera que la llevó hasta el borde del escalón, y Carmen se tambaleó sobre el ladrillo irregular del portal.

Él le puso los brazos alrededor de la cintura para aguantarla. Eran brazos duros y firmes, como bandas de hierro. Lentamente, inclinó la cabeza hacia abajo, al parecer con un propósito determinado.

Vacilante, ella alzó el rostro y abrió los ojos por completo para mirar lo que él hacía. Pero aún estaba insegura y, en el último momento, se hizo a un lado. Sus narices tropezaron y él sonrió, usando esa oportunidad para rozar su rostro con el de ella. La piel de él era suave y no se le sentía la barba, como si se hubiese afeitado justo antes de venir. Ella saboreó esa caricia, el roce sutil de sus labios, que tanto seducían, que tanto prometían. Por fin, afortunadamente, él acercó la cabeza la breve distancia que quedaba entre ambos y sus labios se encontraron con los de ella.

Carmen permaneció en el borde mientras él apretaba su boca contra la de ella, que quería más. Ella abrió la boca ligeramente, sacando la lengua rápidamente para saborear el duro borde de sus labios.

Paul gimió ante la primera pasada tentativa de la lengua de ella y se inclinó hacia atrás. Era demasiado, demasiado pronto. Aquello lo había sobrecogido. Toda aquella familia que no conocía y la sensación de esta mujer entre sus brazos, demasiado generosa y demasiado peligrosa para las defensas que él había creado a lo largo de los años. Sin embargo, no era algo de lo que deseara alejarse, por lo menos todavía no.

—Me gustaría verte otra vez. —Él seguía abrazándola y acariciándole la espalda con las manos.

Ella sonrió tímidamente y le pasó las manos varias veces por los hombros.

—A mí también.

Paul sonrió y sintió en sus huesos una ligereza que no había experimentado en mucho tiempo.

—Te llamaré tan pronto como sepa mi horario — le dijo.

Carmen asintió, y le dio un tímido y rápido beso en la mejilla antes de alejarse y penetrar de nuevo en la casa.

Paul logró controlarse para no dar el saltito que quería dar y, en lugar de eso, avanzó por el caminito, sintiéndose como un hombre nuevo.

CAPÍTULO CUATRO

Carmen esperaba en el sofá de la sala, preguntándose si habría sido un error convenir en esta cita, a pesar de que su hermana le había asegurado que Stone no era tan malo como ella pensaba cuando lo conoció. A Carmen le había costado trabajo creerlo al principio, pero una larga conversación durante un almuerzo con su hermana alivió algunas de sus dudas, aunque no todas.

Paul Stone la confundía totalmente. No era su tipo; es más, ella nunca había salido con un americano. Sería casi como salir con un extraterrestre. Y Connie había mencionado que era una persona de dinero, otra rareza entre los tipos de clase trabajadora con los que Carmen por lo general se asociaba. Él era todo lo que ella no era, y se preguntó de nuevo qué podrían tener en común.

Sin embargo, había sentido una afinidad con él durante la Nochebuena. Algo que ella no podía definir por completo, pero que la había intrigado. Ella, que normalmente se asociaba con las causas perdidas y que traía a casa animales desamparados, había sentido en él algo que despertaba esa parte de ella. Y había eso otro que había estremecido su parte femenina. Una mirada fugaz, un roce vacilante de él era bastante para hacerla temblar en su interior. Eso nunca antes le había sucedido. Eso explicaba por qué había dicho que sí cuando él la había llamado casi tres semanas después.

El timbre de la puerta sonó y ella se levantó, caminó hasta el recibidor y abrió de golpe la puerta, deseosa de verlo.

Allí estaba él, con una sonrisa vacilante al ver que había sido ella quien le había abierto la puerta.

—Hola —dijo él con voz grave.

—Hola —respondió ella, invitándolo a entrar. Al adelantarse, él sacó de la espalda un pequeño ramo de margaritas, y ella las aceptó con una sonrisa—. Gracias.

—Por nada —contestó él, entrando en la casa. Aunque ahora no había en ella gente ni decoraciones navideñas, aún seguía teniendo un aire familiar y reconfortante.

Carmen le tomó la mano y lo condujo al interior, donde su madre estaba esperando para saludarlo.

Paul se acercó, estrechó la mano de la señora y le agradeció nuevamente por la maravillosa cena de Navidad.

La madre se sonrojó, agitando las manos como para restarle importancia a sus comentarios.

—Pero si no fue nada. Cualquier amigo de Connie... y de Carmen es bienvenido a nuestra casa.

Él le dio las gracias y habría seguido conversando, pero Carmen parecía estar apurada. Depositó un rápido beso en la mejilla de su madre, le entregó las margaritas y agarró la mano de Paul para arrastrarlo hacia afuera.

—No llegaremos tarde —le gritó a su madre a medida que se alejaban apresuradamente.

—Hasta luego, señora González —gritó Paul también mientras Carmen seguía tirando de él.

Cuando estuvieron en el portal, ella dejó de arrastrarlo por el brazo y se volvió para mirarlo de frente, con una amplia sonrisa en el rostro.

—Tuvimos suerte.

—No te entiendo —dijo él mientras caminaba hacia su automóvil y abría la puerta.

Ella se encontró con su mirada mientras se deslizaba en el asiento del Jeep Grand Cherokee.

—Si no hubiéramos salido tan rápidamente como lo hicimos, la Inquisición habría empezado. Nos habría retenido durante una hora preguntando que dónde tú vives, que quiénes son tus padres y todo eso.

Él se rió y la tomó por debajo de la barbilla.

—Recuerda que soy agente del FBI. Yo habría sabido cómo librarnos de esa situación.

Ella arqueó una ceja en gesto interrogante.

—¿Te parece? ¿De quién crees que Connie heredó su obstinación? —preguntó Carmen.

Paul siempre se lo había preguntado, pero ahora estaba más intrigado acerca de qué habría influido en esta criatura encantadora, con su espíritu independiente y su pronta sonrisa.

—Pues entonces puede que nos hubiéramos metido en un lío —respondió él y ella lo recompensó con la sonrisa que Paul recordaba aun cuando cerraba los ojos.

—Bueno, en tanto reconozcas eso, no tendremos problemas.

Él cerró la puerta tras ella, dio la vuelta alrededor y entró en el vehículo.

—Pensé que tal vez nos gustaría caminar un poco después de la cena. ¿Qué te parece Coconut Grove? —le preguntó.

—Perfecto —contestó ella, acomodándose en el asiento mientras él salía del estacionamiento de la casa e iniciaba el breve trayecto hacia el área miamense de Coconut Grove. La que había sido originalmente una zona de pequeñas tienditas de objetos de arte y restaurantes, en los últimos años había florecido con una proliferación de tiendas grandes, restaurantes y un teatro, todo cerca del elegante Hotel Mayfair.

Ésta noche se dirigían a CocoWalk, un centro de compras abierto, con numerosos restaurantes, tiendas y un cine.

Mientras conducía, Paul se volvió hacia ella y la examinó, y advirtió que parecía ligeramente ansiosa. Sus manos jugueteaban nerviosamente con el dobladillo de su corta falda de cuero, tirando de ella hacia abajo, pero sin poder encontrar más material para tapar el generoso trozo de muslo que revelaba la falda.

Tenía bellos muslos, pensó él. Con músculos esbeltos, ligeramente bronceados y bien redondeados. Le gustaba que la mujer fuera una mujer de verdad y no un maniquí de ropas. Mientras la examinaba otra vez, se sonrió ante la blusa corta que dejaba al descubierto parte de su vientre y que ajustaba sus bien formados pechos. Carmen era más alargada, menos voluptuosa que Connie, pero aún así, toda una mujer.

Carmen lo miró de reojo y captó su ávido examen. Un calor la llenó por dentro, y tembló ante la intensidad de su mirada. Tenía que poner esto de nuevo en un terreno neutral.

—¿Ya decidiste dónde vamos a cenar o vamos a ver qué encontramos? —le preguntó, tratando de desviar su atención.

Paul asintió y le respondió al tiempo que sacaba el Jeep de la Vía Rápida Uno y entraba en una de las calles laterales que los llevaría de regreso a la bahía y a Coconut Grove.

—No estaba seguro de qué te gustaría... ¿Tal vez el Café Tu Tu Tango?

—Yo me comería cualquier cosa y todo lo que me pusieran delante —admitió ella, pero luego se sonrojó de su franqueza.

Él sonrió, dedicándole de nuevo una de esas cálidas miradas, recorriéndole el cuerpo con los ojos, muy apreciativamente.

—¿Y dónde te lo vas a poner todo?

Un ardor subió hasta sus mejillas, y lo regañó, aunque en el fondo estaba complacida.

—Los caballeros no preguntan esas cosas a las damas.

Él vaciló y asintió en silencio.

—Tienes razón. No tengo perdón. Por cierto, ¿qué edad tienes? —le dijo en broma para molestarla—. ¿Va a haber que sacar un carné de identidad para comprobar tu edad esta noche?

—Soy lo bastante mayorcita —ripostó ella, aunque era varios años más joven que él, quien tendría que ser más o menos de la edad de Connie.

El automóvil se detuvo. Ella ni se había dado cuenta de que habían llegado y él había aparcado en uno de los estacionamientos al lado de CocoWalk. Sin esperar por él, Carmen abrió la puerta, salió y se quedó de pie junto al vehículo hasta que él dio la vuelta y le ofreció el brazo.

Ella deslizó su brazo a través del de Paul y salieron hacia la calle principal de Coconut Grove. CocoWalk estaba a sólo una calle de distancia y a los pocos minutos ya se encontraban en la puerta del restaurante, esperando por una mesa.

La anfitriona los colocó junto a una ventana que daba a la calle y les dejó los menús. Había mucho donde escoger. Las porciones eran pequeñas, casi como aperitivos, porque el objetivo era que los comensales ordenaran varios platos y los compartieran.

—¿Tienes hambre? —preguntó Paul.

—Mucha —admitió ella sonriendo.

—Me gustan las mujeres que saben lo que quieren. ¿Quieres escoger tú tres y yo escojo otros tres?

Carmen asintió, procedió a seleccionar una combinación de aperitivos mexicanos, tailandeses y chinos, y Paul completó el pedido añadiendo una salsa de *hummus* griego y más comida mexicana.

—Creo que escogimos un poquito de cada cosa —dijo él después que el mesero había tomado sus pedidos y les había traído una botella de vino, un robusto Merlot que iba bien con todas sus selecciones.

Paul sirvió el vino y la observó desde el borde de su copa mientras ella tomaba un sorbo y se secaba una gota en los labios. Dios, qué deseos sentía de inclinarse hacia ella y saborearlos él mismo. Pero reunió un poco de control, puso la copa sobre la mesa y preguntó:

—Me dicen que trabajas para el esposo de Connie.

Ella asintió y miró al mesero mientras este colocaba los primeros platos sobre la mesa.

—Sí. Es muy buena persona. —Carmen señaló los platos—. ¿Cuál quieres primero?

Tú, le dieron ganas a él de decir, pero se contuvo, y lo que hizo fue apuntar hacia las brochetas de pollo con salsa sate sobre una cama de fideos de sésamo.

—Un poco de eso estaría bien.

Ella le sirvió un poco, y luego tomó para si una brocheta y fideos. Mordió el pollo a la parrilla con sus dientes blancos y perfectos y arrancó un trocito.

Paul mordió el suyo y disfrutó del sabor a nueces de la salsa.

—Qué rico está esto —dijo, y cuando alzó la cabeza, vio que ella le había puesto frente a la cara un tenedor con fideos.

—Prueba éstos.

Él le tomó la mano y mantuvo el tenedor firme mientras ponía la boca alrededor de los fideos y los deslizaba del tenedor.

—Delicioso —le dijo, y cuando sus miradas se tropezaron, él supo, al verla ruborizarse, que ella se estaba acordando de la Nochebuena.

—Sí. De verdad que está rico —respondió ella con voz ligeramente ronca, y siguió comiendo.

En ese momento, el mesero llegó con más platos de los que ellos habían pedido, y volvieron a probarlos todos, compartiendo entre ellos tenedores y bocados de la comida. Mientras tanto, seguían hablando y riendo.

Cuando ella terminó con el último pedacito de su plato y se recostó hacia atrás, limpiándose los labios con la servilleta, Paul pensó en todas las escenas eróticas de comida del cine. *Tom Jones, Flashdance.* Ella las había superado a todas esta noche con la absoluta exuberancia de su forma de ser y su apreciación inocente, pero sensual, de todo lo que la rodeaba.

—¿Te gustó? —dijo él en broma nuevamente, sin saber qué era lo que ella tenía que lo hacía sentir

tan... libre. Sin inhibiciones. Toda la vida había
crecido con una lista de reglas y normas acerca de
absolutamente todo, tratando de ser el caballero que
sus padres querían que fuera. A la mujer que estaba
sentada frente a él no parecían importarle para nada
ninguna de esas reglas, y sin embargo, era una dama
en todo el sentido de la palabra.

Ella se sonrojó y tomó lo que quedaba del vino,
pero la mano le temblaba.

—La comida —enfatizó ella— estaba muy sabrosa.

Un risa ahogada le salió a él de lo hondo.

—Me alegro. Pensé que saliéramos a caminar y tal
vez luego nos comemos el postre.

Carmen asintió, y después que él hubo pagado la
cuenta, salieron y bajaron al nivel principal de
CocoWalk. Él le puso el brazo alrededor de los hombros, atrayéndola a su lado mientras seguían en
dirección de Mayfair. En la esquina, habían construi-
do un Planet Hollywood y en el centro de compras
entre CocoWalk y el restaurante había más tiendas y
establecimientos de comida. Dieron la vuelta hacia el
centro de compras y pasearon de ventana en
ventana, mirándolo todo.

Carmen disfrutaba del roce de su cuerpo, alto y
fuerte, junto al de ella. Como él era tan alto, ella se
había calzado sus zapatos de tacones de tres pulgadas, pero aun así la cabeza le quedaba al nivel del
hombro de él, que tenía una estatura de seis pies dos
pulgadas, si no más. Ella se preguntó cómo era
posible que lo hubieran asignado como pareja de su
hermana para cualquier tipo de prueba física, y se
asombró de que su hermana lo hubiera podido
vencer. Tuvo la impresión de que no habría muchas
cosas en las que Paul no ganara.

En un momento determinado, él viró el rostro de
frente hacia ella y le plantó un beso en la mejilla, de
manera tan natural como si fuera algo que estuviera
acostumbrado a hacer, y ella deseó que algún día eso
se hiciera realidad. Le causaba sorpresa disfrutar de
su compañía. Disfrutaba de poder sacarle a la super-

ficie la verdadera sonrisa que él parecía tener escondida bajo una fachada de seducción y buenas costumbres. Debajo de una montaña de restricciones.

Carmen no le daba mucha importancia a esas fachadas. Aunque sabía todas las reglas —sus estrictos padres se las habían inculcado—, se negaba a dejarse dominar por ellas.

—Vamos. —Ella lo llevó, tirando de él, hacia uno de los nuevos restaurantes a lo largo del paseo, donde, además de comida, había una selección de juegos de alta tecnología tanto para niños como para adultos.

Paul pagó el precio de la entrada y la siguió escaleras arriba. Dentro, había una variedad de juegos electrónicos, incluida una especie de extraña motocicleta que se movía mientras el jugador le daba a la palanca. Ella lo llevó hacia la moto, esperó que terminara un chico que había en ella y luego se las arregló para alzar una pierna y encaramarse en la moto. La falda de cuero se le subió aún más, pero todavía seguía cubriéndolo todo, aunque a duras penas.

Carmen le sonrió.

—Vamos —lo instó, ofreciéndole la mano.

Él se montó detrás y sus caderas abrazaron las de ella. Paul contuvo un gemido, se agarró a su cintura mientras ella calentaba la moto y la carrera comenzó. La moto se alzó por detrás de él, moviéndose de lado a lado al tiempo que ella controlaba las vueltas de la carrera electrónica. En un momento determinado, ella falló en una vuelta y la moto dio un fuerte remezón. La máquina se levantó en la parte posterior, obligando a Paul a agarrarse a Carmen con más fuerza. Ella se rió con su voz ronca y lo miró de reojo tan sólo un segundo antes de continuar la carrera y completar pobremente el juego en la posición número doce —el último lugar.

Él se bajó y le dio la mano para ayudarla a descender de la moto.

—Recuérdame no montarme jamás contigo en una moto de verdad —le advirtió él, siguiéndola mientras ella iba de una máquina a otra. Durante la próxima hora, jugaron uno contra el otro. En juegos de tiro al blanco, donde ella aseguró que él había tenido una ventaja injusta luego de haberle ganado fácilmente. Más juegos de carreras. Al fin, una última carrera en moto antes de que él anunciara con pena que tenían que irse.

Carmen hizo una muequita de fastidio, pero él se dio cuenta de que estaba bromeando.

Cuando regresaron al auto, ella vaciló mientras esperaba junto a la puerta. Él se le acercó, se agarró con una mano de la armazón del Jeep y se inclinó hacia ella. Suavemente, le pasó un dedo por la mejilla hasta el borde de los labios.

—Esta noche la he pasado muy bien —admitió él, aunque con un dejo cohibido en la voz.

Ella sonrió de nuevo con esa sonrisa tímida, vacilante, y le puso las manos sobre sus hombros.

—Yo también —admitió, y le pasó los dedos por la nuca, haciéndolo sentir un corriente de deseo que lo estremeció.

Él acercó una mano a su pelo corto y le acarició el aterciopelado borde de la oreja.

—Me gustaría que se repitiera... bueno, si tú quieres.

Su voz alargó la frase al final como en un tono de interrogación, haciendo que Carmen se sorprendiera una vez más. Paul era apuesto y simpático. Y también un caballero. Seguro y en control. Pero ella tenía la impresión de que, muy en su interior, se sentía de alguna manera deficiente, y temía que ella también pensara lo mismo. Pero a ella no le pasaba eso, pensó, asombrándose del enigma que él presentaba. Ella se alzó un poco y le pasó la mano por el borde de su fuerte y recta mandíbula.

—¿Sabes que me siento muy atraída a ti?

Él sonrió con una especie de sonrisa vulnerable que tenía matices de duda.

—¿De verdad?

Ella se agarró de sus hombros, inclinándose ligeramente hacia él.

—¿Por qué te parece que eso es tan difícil de creer?

Él se sonrojó, le puso las manos en la cintura y, levemente, la zarandeó juguetonamente.

—Es que yo... bueno... digamos que tengo la costumbre de llevarle la contraria a las chicas cubanas bonitas.

Como él esperaba, ella se rió, pero luego se puso seria.

—Bueno, tú le caes bien a Connie ahora, así que tal vez eso es una impresión inicial. Puedo decirte que, justo en este momento, a esta chica cubana, tú le gustas un poquito —enfatizó al darse cuenta de que él necesitaba esa confirmación—. Y por eso te puedo decir que me gustaría verte otra vez. —Para reforzar esto, se paró en puntas de pies y lo besó fugazmente en los labios.

Él sonrió entonces, con una especie de sonrisa atrevida, infantil, y esto hizo que el corazón de Carmen latiera más rápidamente.

—¿De verdad? —le preguntó en tono de broma, inclinándose y colocando su frente contra la de ella. Los labios de Paul rozaron ligeramente el borde de su entrecejo y bajaron lentamente hacia el borde de su mejilla, encendiendo una sutil brasa de deseo dondequiera que se tocaran.

—Paul —dijo Carmen con voz ronca, agarrándolo por la parte posterior de la cabeza.

—¿Sí...? —contestó él, moviendo sus labios hacia abajo, hasta que su boca cubrió la de ella y ella saboreó la bienvenida que le dieron sus labios. Carmen comenzó a abrir su boca frente a la de él, pero el estrépito de la bocina de un auto y unos gritos burlones la apartaron de él.

Paul se alejó a regañadientes, pero se alegró de haber sido interrumpido. Ella se le estaba acercando tan rápidamente que la cosa se había ido de control.

Él no quería apresurar las cosas, saltar a esta relación antes de que estuvieran preparados. Y quería tomarle el gusto a la forma en que ella lo hacía sentir, no sólo sexualmente, sino desde muchos otros puntos de vista.

—Lo siento —balbuceó él, haciéndose a un lado y secándose la frente con una mano, como si quisiera eliminar todas las señales de lo que había estado sintiendo momentos antes.

Ella lo sorprendió de nuevo cuando se alzó hacia él, le tomó un lado del rostro con la mano, le pasó el pulgar por el borde de los labios y le dijo, volviendo a establecer la intimidad con ese sencillo gesto:

—Yo no.

Él sonrió, le abrió la puerta y la ayudó a entrar, pensando que le gustaría pasarse mucho tiempo lidiando con Carmen y todos sus aspectos maravillosamente excitantes.

CAPÍTULO CINCO

Carmen se sentó en la orilla, con la cabeza recostada contra la áspera corteza de una palma. Veía como él surcaba el agua sin esfuerzo. Mientras mecía y balanceaba la tabla de hacer windsurfing, los músculos de sus brazos y sus piernas se abultaban, se ponían tensos y luego se relajaban. Admiró la gracia atlética, la fuerza que controlaba con tanta facilidad.

Él dio otra vuelta por las tranquilas aguas de la bahía y, entonces, dirigió la tabla hacia la orilla, tocando tierra a unos cuantos pies de ella, con una amplia sonrisa y sacudiéndose del cabello las cristalinas gotas de agua.

—¡Qué fantástico! ¿Estás lista ya para probar?

Las tripas de Carmen temblequeaban sin cesar. Aunque se consideraba relativamente atlética, este deporte parecía demasiado difícil. Sin embargo, estaba dispuesta a probar. Se incorporó, se sacudió la arena del trasero y avanzó por las poco profundas aguas de la orilla, donde Paul estaba ocupado preparándole una tabla de windsurfing más pequeña.

Él tenía la cabeza inclinada y estaba absorto en su tarea. Le dijo entre dientes a Carmen que se pusiera un salvavidas antes de venir.

Ella regresó a tierra, agarró uno de la parte trasera de la camioneta que él usaba solamente para sus aparatos de deportes acuáticos y se deslizó el chaleco, de un naranja intenso, por encima del traje de baño negro de una pieza que se había puesto para estas actividades. Sobre la tabla de windsurfing, un bikini no se habría mantenido en su sitio durante mucho rato.

Ahora, cuando ella se acercó, él sonrió y le ofreció la mano.

—Te prometo que esto te va a gustar.

—Trataré de hacer todo lo posible —dijo ella, deslizando su mano en la de él.

Paul la acercó a él con una mano mientras con la otra sostenía la tabla. Bajó la vista hacia Carmen, sonriéndole.

—Yo también —contestó él, e inclinó la cabeza, rozando sus labios contra los de ella, que, al estar cálidos, calentaron los de él, fríos de las salpicaduras del agua mientras estuvo haciendo windsurfing. Ella se aproximó más a su cuerpo, pero los abultados chalecos les impidieron acercarse demasiado.

Carmen se movió hacia atrás, sacudió los hombros y examinó asustada la tabla.

—¿Y tú esperas que yo me suba en esto?

Paul se rió.

—Es como hacer surfing...

—Yo nunca he hecho surfing. Jamás lo intenté —contestó, sin que la expresión de duda abandonara su rostro.

Paul pensó en lo que ella le dijo y asintió.

—Está bien. ¿Qué tal si piensas en esto como si fuera una patineta grande?

Carmen se rió y sacudió la cabeza.

—Nada de eso. Tampoco he intentado eso.

—¿Y una moto acuática? —dijo él, esperanzado de convencerla.

—Tampoco. No había muchas cosas como ésas cuando yo era pequeña y vivía en Cuba. —Por un segundo, sobre sus ojos descendió una sombra de tristeza que desapareció enseguida. Él sintió haberla provocado, aunque sólo fuera por ese brevísimo instante.

—¿Y qué tal si tratamos aunque sólo sea esta vez? Te prometo agarrarte si te caes. —Él extendió de nuevo la mano, deseoso de que Carmen confiara en él.

Ella le echó una mirada a la tabla, y luego a él.

—¿Crees que puedes manejarme? —le dijo ella en broma para provocarlo.

Paul se rió entre dientes y la tomó de la mano.

—Me parece que tú eres precisamente lo que me gusta manejar. —Él movió las cejas rápidamente, y la hizo girar de tal manera que ella quedó frente por frente al windsurfer, con sus manos sobre las caderas de ella—. ¿Lista? —Carmen asintió y él dijo—: Cuando cuente tres, te subes a la tabla. A la una. A las dos. Y a las tres.

Al contar tres, la alzó y trató de equilibrarla mientras la tabla se movía bajo los pies de Carmen.

Carmen logró mantenerse de pie durante unos treinta segundos. Luego, la tabla tomó por un lado y ella por el otro, cayendo justo en los brazos de Paul, haciendo que los dos se precipitaran juntos en las poco profundas aguas de la orilla.

Salieron escupiendo agua y empapados, riendo uno en los brazos del otro; Paul la atrajo hacia sí y la abrazó.

—Está bien —dijo—. Puede que no sea tan fácil como yo pensaba. ¿Quieres intentarlo otra vez?

Ella asintió, conforme con seguir probando con tal de que él siguiera sosteniéndola en sus brazos. Él contó otra vez hasta tres, la levantó y esta vez ella logró mantenerse parada lo bastante como para agarrar el brazo curvo de la vela y poder equilibrarse durante un minuto más o menos antes de hacer voltearse al aparato y acabar de nuevo en brazos de Paul.

Él la agarró por la cintura al tiempo que ella salía del agua, riéndose y aguantándose de él. Pensó que aquello era algo a lo que muy bien podía tomarle el gusto. El se puso a reír junto a ella, con un espíritu libre, sin inhibiciones.

—¿Te has tragado ya la mitad de la bahía?

—No, todavía no. ¿Listo? —le preguntó ella, volviéndose y colocando las manos de él sobre su cintura.

Él sonrió, se inclinó y la besó en la nuca, acercándosele más para hacer el conteo en voz baja junto a su oído. Esta vez, cuando la alzó, ella logró quedarse a flote y él pudo agarrar el borde de la tabla, manteniéndola en equilibrio mientras le explicaba cómo tratar de dirigir la vela para aprovechar el viento.

Ella bajó la vista hacia él, con una amplia y ansiosa sonrisa en el rostro.

—Voy a girar la tabla poco a poco —dijo él—. Podemos aprovechar un poco de viento, movernos por esta parte cerca de la orilla. ¿Qué te parece?

Carmen asintió y se puso frente a la vela, y él maniobró la tabla. La leve brisa llenó la vela del wind-surfer, impulsándolo unas cuantas yardas hasta que, con su pobre equilibrio, Carmen se volteó y fue de cabeza al agua.

Él chapoteó entre la resaca, llegando justo cuando ella trataba de subir a la tabla otra vez por sí misma.

—¡Cómo me gusta esto! —dijo, apoyándose en el hombro de él para impulsarse, subir a la tabla y avanzar unas pocas yardas de vuelta hacia el sitio original donde habían estado, pero volvieron a caerse al agua.

Paul avanzó un poco más lentamente esta vez, y cuando ella pudo subirse de nuevo en la tabla por sí sola, él salió del agua, se sentó en la orilla y observó cómo ella hacía los pases hacia atrás y hacia adelante, llegando a poder hacer una vacilante vuelta antes de caer al agua una vez más.

Ella se incorporó escupiendo agua, se dio cuenta de que había salido a tierra y, dejando la tabla sobre la playa, vino a sentarse al lado de Paul.

—¡Qué divertido! —afirmó jadeando ligeramente debido al esfuerzo.

A él le gustó como se veían sus brazos y sus piernas. Estaban salpicados con gotas de agua que relucían como si fueran joyas bajo el sol. Pero debajo de las gotas, sus músculos temblaban por el esfuerzo realizado.

—Vamos a tomarnos un descanso y a comer algo. Te ves cansada. —Él se estiró hasta donde había una pila de ropas y toallas mezcladas, tomó una de las toallas y se la alcanzó.

—Estoy cansada —admitió ella mientras se secaba el agua del cuerpo y se pasaba la toalla rápidamente por la cabeza. Cuando se la quitó, su cabello corto estaba erizado como si fueran pinchos; él se acercó y le pasó la mano para alisárselo.

Era como si tocara seda mojada. Cambió la mano de posición y rodeó con ella la parte posterior del cuello de Carmen, dándoles un ligero masaje a los músculos de esa zona. Ella dejó caer la cabeza hacia adelante, murmurando:

—¡Ay, qué rico!

Ciertamente, era riquísimo. Demasiado rico, pensó él cuando sintió que una ola de calor le recorría el cuerpo y se le concentraba en la ingle, provocando una reacción que habría sido demasiado obvia debido a su traje de baño, y demasiado embarazosa. Sin muchas ganas de hacerlo, le quitó la mano de la nuca y se incorporó.

—Voy a buscar algo de comer —dijo Paul mientras se levantaba y caminaba hacia la parte de atrás de la camioneta, aprovechando ese momento para tratar de controlarse.

Carmen lo vio alejarse y, tratando de tranquilizarse ella también, aspiró profundamente, no tanto a causa del cansancio sino debido exclusivamente al roce de las manos de él. Zafó las hebillas de su chaleco, lo echó a un lado y casi gimió de placer al pasarse la toalla por los pechos. Sus pezones estaban erguidos, duros, por una mezcla de las frías aguas de la bahía y del calor que el roce de él había generado. Para esconder los indicios de su deseo, agarró una camiseta playera y se la puso, justo en el momento en que Paul regresaba trayendo con él una nevera portátil y un cobertor que había estado en la plataforma de la camioneta junto con el equipo de windsurfing.

Tendió el cobertor frente a ella, se arrodilló y comenzó a sacar cosas de la nevera. Refrescos, ensaladas y sándwiches. Un tazón de ensalada de frutas. Le alcanzó un plato y le sirvió de las ensaladas de macarrones y papas. Le ofreció si quería jamón y queso o atún.

—Atún —respondió ella, y él le puso el sándwich, en un envoltorio, sobre el plato; ella se acomodó nuevamente contra la palma y esperó a que él se le uniera.

Paul llenó su plato y se sentó junto a ella, recostando su cuerpazo contra un costado de la palma. Sus hombros rozaban los de ella, y Carmen luchó por concentrarse en su comida y no en la calidez de la piel de Paul. Ni en los músculos de sus piernas mientras él las estiraba hacia adelante, justo en el campo visual de Carmen.

—Está sabroso —le dijo ella, tratando de no pensar en otras cosas.

—Gracias. Es una vieja receta familiar —contestó él, dándole una mordida a su propio sándwich de atún.

—Mi mamá prepara algo parecido, pero me gustan los pimientos de esta ensalada. —Ella volvió a morder su sándwich, tratando de descubrir qué era lo que le daba ese saborcito tan interesante—. Así que es un secreto de tu mamá, ¿verdad?

Paul lanzó una risa áspera, balbuceando con un pedazo de sándwich en el boca.

—Mi mamá no sabría ni cómo abrir la lata, y mucho menos hacer algo tan sabroso como esto.

—Pero tú dijiste que era...

—Una vieja receta familiar. Pienso que debí haber dicho que era una vieja receta familiar de Betty.

Carmen lo miró, tratando de entenderlo, porque era evidente que había algo que él no quería decir. Ella deseaba cruzar esa barrera y saber un poco más de él.

—¿Quién es Betty?

Paul levantó la cabeza.

—Nuestra cocinera. Desde que tengo uso de razón estuvo con nuestra familia. Murió el año pasado. — Él desvió la mirada en ese momento y Carmen pudo darse cuenta de que esto lo había hecho sentirse mal.

—Lo siento. ¿La extrañas? —le preguntó, intentando entenderlo, pues sabía que había en él aspectos ocultos que pocas personas conocían.

Paul miró al horizonte y meditó sobre la pregunta. Betty había sido parte de su vida desde que tenía uso de razón. Era ella la que estaba en su casa cada vez que él salía del internado y llegaba a su hogar. Era ella la que le daba meriendas de galletitas y leche y escuchaba cualquier cosa que él tuviera que contar acerca de cómo le había ido el día. Cuando se había ido a estudiar a la universidad, Betty le había enviado paquetes con las golosinas que le gustaban. ¿La extrañaba?, pensó.

—Sí. La extraño —admitió, y le contó a Carmen todo lo que Betty había hecho por él. Al terminar de contarle la historia, se dio cuenta de que el hecho de extrañarla no tenía nada que ver con su estómago ni con las galletitas que Betty le había preparado. Ella había sido una de las pocas personas en su vida que realmente se habían preocupado por él, que habían dedicado tiempo a escuchar a un niño solitario.

Cuando Paul terminó, Carmen se aproximó a él y le tomó una mano.

—Parece que fue una mujer muy buena y que tú la quisiste.

Sí la quiso, aunque no se había dado cuenta hasta ahora. Tampoco se lo había dicho jamás a Betty, aunque, si lo consideraba, Betty había debido darse cuenta, por sus abrazos y las cartas que él le había enviado desde el internado y la universidad.

—Sí —respondió hoscamente, con voz tensa—. La quería.

Carmen no le soltó la mano mientras terminaban la comida en silencio. Cuando finalizó, Carmen bostezó, se tapó la boca y se disculpó.

—Perdóname, pero este surfing me ha dejado sin energías.

Él le acarició la mejilla con sus dedos, siguiendo el sutil rubor que habían puesto allí los rayos del sol y el viento de Miami.

—Yo también estoy así.

—Mentiroso —dijo ella, mirando su cuerpo de refilón. —Te ves como si pudieras hacer surfing eternamente y no cansarte.

Él se sonrió y echó los hombros hacia atrás, como un gallo de pelea.

—Así que te diste cuenta, ¿eh? —bromeó él, y vio que en las mejillas de Carmen se acentuaba el sutil rubor que las coloreaba.

—Dime, ¿te es difícil moverte? —le preguntó ella.

Paul trató de entenderla, pero no pudo.

—¿Qué quieres decir?

Carmen le pasó la mano por el hombro, dirigiéndole una risita fugaz.

—Bueno, con esos hombros tan grandes, y esos humos, debe ser difícil moverse.

Como ella esperaba, él se rió, acercándosele para tomarla por la cintura, hasta que ella tuvo que agarrarse de los hombros de Paul para sostenerse.

—Te iba prestar una parte de mí para que te recostaras y durmieras una siesta, pero...

—Perdóname. Nada me gustaría más que una siestecita —dijo ella, bostezando de nuevo—. Discúlpame —balbuceó.

Él la ayudó a sentarse, haciendo un gesto afirmativo.

—Está bien, te acepto la disculpa. Déjame sacudir el cobertor para que puedas acostarte.

Carmen lo observó hacer lo prometido, volviendo a colocar de nuevo el cobertor más cerca de la palma. Él le ofreció la mano, la ayudó a incorporarse, y luego se volvió a sentar y se recostó contra la palma. Ella se arrodilló sobre el cobertor, dándose cuenta de que podía deslizarse entre las piernas abiertas de Paul, descansar sobre su pecho y estirarse a la sombra de la palma.

Paul dio unas palmaditas en el espacio entre sus piernas.

—Ven. No te voy a comer.

Ella le dirigió una dudosa mirada, pero se sentó sobre el cobertor y colocó la cabeza sobre los duros músculos de su pecho. Por encima de ella, las hojas de la palma se movían al impulso de una ligera brisa. Ante ella, las azulosas aguas de la bahía chocaban suavemente contra la orilla. Sonrió y miró de reojo a Paul, quien ya la estaba mirando también.

Su rostro se cubrió de rubor, pero ella prefirió no hacerle caso; por el contrario, colocó los brazos alrededor de los de Paul, que la rodeaban por la cintura, y entrelazó sus dedos con los de él. Carmen podía sentir una cierta prudencia en él, como si no estuviera acostumbrado a un gesto así, pero ella quería llevarlo hasta un nuevo nivel de intimidad. Ella le apretó la mano aún más, esbozó una soñolienta sonrisa, murmuró "buenas noches" con su voz ronca, y entonces cerró los ojos y dejó de luchar contra aquella sensación de cansancio.

El peso de la mano de Carmen era algo reconfortante, lo que sorprendió a Paul. Él no estaba acostumbrado a tocar ni a que lo tocaran. Sus padres no habían tenido esa manera de demostrar afecto.

Pero Carmen sí estaba acostumbrada, pensó. Sus senos subían y bajaban suavemente cada vez que respiraba. Su pícaro rostro se veía relajado mientras dormía, aunque aún mostraba huellas de felicidad. Sus labios sonreían ligeramente y Paul tenía la esperanza de que, de alguna manera, él fuese el responsable, aunque fuera en lo más mínimo, de esa sonrisa. Nunca antes se había sentido así. Nunca había pensado de sí mismo en esa forma, como alguien que no sólo podría llevar la felicidad a otra persona, sino también obtener placer del acto de dar.

Ella lo hacía sentirse alegre. Lo hacía estremecer, y no sólo físicamente. Respiró profundamente y cerró los ojos para evitar las lágrimas que acudían a ellos. Todo era tan nuevo y tan frágil. Y tenía miedo de que todo fuera a desaparecer ante sus ojos si cometía un error.

Como había sucedido con sus padres. No recordaba con claridad qué era exactamente lo que él había hecho. Se lo había preguntado a medida que habían ido pasando los años. Todo lo que recordaba era que un día estaba en casa, y al otro día lo habían enviado a un internado. Una vez había preguntado por qué lo habían enviado allá, pero la respuesta había sido que las cosas eran así. A su padre y a su madre los habían alejado del hogar de la misma manera, aunque ninguno de los dos había considerado eso como un castigo. A su hermano aquello le pareció una bendición, pues odiaba estar solo en la casa con los criados y con Paul.

De niño, e incluso de adulto, Paul nunca pudo aceptar que ésta era la forma en que debían ser las cosas. No cuando veía a otras familias donde todo era distinto. Donde los hijos vivían en la casa y medían su felicidad no por el tamaño de sus depósitos de dinero y sus cuentas bancarias, sino por la aprobación y el amor de sus padres.

En su mente infantil, sólo podía haber una razón para este rechazo: sus propios errores. Sus deficiencias. Y por mucho que, con el paso de los años, hubiese tratado de probar que él valía la pena y de superar el agobiante sentimiento de no ser lo bastante bueno, nunca había logrado que sus padres se dieran cuenta de eso. Ni tampoco había sido capaz de convencerse de que él estaba al mismo nivel de los demás. Y en cuanto a su hermano, compartía con él, cuando más, una tibia relación.

Pero ahora, mirándola, pensó que había alguien que creía en él. Alguien que parecía considerarlo de valía, y sonrió, apretando aún más la mano de Carmen.

Ahora había una oportunidad para él. Una oportunidad de tener todo aquello que había estado añorando, y estaba decidido a no desperdiciarla.

Carmen se estiró con holgazanería, tropezó con su recio pecho y se despertó de inmediato.

Él la estaba mirando fijamente y, a medida que se iba despertando, ella se dio cuenta de que el sol estaba empezando a ponerse.

—Lo siento. No tenía intención de dormir toda la tarde.

Él sonrió, se estiró hacia adelante y le pasó un dedo a lo largo del pabellón de su oreja, deteniéndose para trazar la pequeña argolla de oro que llevaba.

—Has estado durmiendo menos de una hora. Habíamos almorzado muy tarde.

—Mmmm —respondió ella mientras él bajaba el dedo y trazaba el borde sus labios—. Qué buena siesta. Eres muy cómodo.

Él le hizo una mueca en broma.

—Ay, eso duele, pero si ser cómodo es lo más que puedo lograr hoy, me conformo con eso.

Carmen sonrió, tomó la palma de su mano y se la puso en los labios. Le dio un beso en la palma.

—Te diría más, pero no quisiera que te pusieras demasiado... atrevido.

Paul casi gimió de placer con el doble sentido que encerraban esas palabras y trató de dominar su creciente excitación. Desde donde él estaba, la veía allí tendida, demasiado tentadora y, obviamente, sufriendo con su propio deseo. Sus pezones estaban erectos debajo de su camiseta playera, y en la base de su garganta, en el área que él había estado mirando mientras ella dormía, el pulso era ahora mucho más rápido. Hasta su respiración demostraba que su reacción crecía cada vez más. Lo único que la contenía a la fuerza, lo único que la restringía claramente, era su fuerza de voluntad. Aunque él no estaba acostumbrado a las emociones que ella despertaba en su interior, Paul quería explorarlas más.

—Te he dicho —comenzó, dejando caer su mano en el borde de la clavícula de ella— que inclusive cerrando los ojos —siguió diciendo, y lo hizo al mismo tiempo— puedo sentir la textura de tu piel.

Le pasó la mano por el borde de la clavícula, sintiendo la suavidad de su piel en la punta de los dedos. La fragilidad de su cuerpo creaba, también, la necesidad de protegerlo.

Abrió los ojos, se dobló y metió la cabeza en un costado del cuello de ella.

—Conozco tu aroma. —Respirando profundamente, le mordió con delicadeza el cuello, deleitándose en el quejido de placer que salió de su garganta y en el temblor de su cuerpo bajo la mano de él.

Paul lamió le piel en la zona del cuello donde estaba la vena del pulso, imaginándose el calor que sentiría si la tocaba con la boca.

—Me gustaría saber cómo sabes.

Carmen respiró temblorosa, queriendo saber lo mismo acerca de él. Habían estado saliendo juntos durante semanas, pero aún existían barreras entre ellos. Tal parecía que había un límite que él temía cruzar. Un límite de intimidad que ella quería atravesar.

—A mí también me gustaría, Paul —respondió ella, y se dio vuelta ligeramente en sus brazos, acariciándole el pecho con la mano—. Me gusta tocarte —admitió, para hacerle saber que ella también se sentía atraída por él.

Él sonrió y le acarició la curva superior del brazo, frotándolo arriba y abajo con la mano.

—Y a mí también me gusta tocarte, Carmen.

—Mmmm —dejó escapar ella, poniendo las palmas de las manos sobre sus musculosos pectorales, tan anchos que apenas cabían entre ellas—. Tócame, Paul. Así, tócame —lo instó, frotando la palma de la mano contra el endurecido nudo de su tetilla.

Él tragó en seco y le tomó un seno entre las manos, pasándole el pulgar por el pezón, cada vez más firme.

—Qué bien se siente eso —le dijo ella, instándolo a que siguiera, mientras su propia mano continuaba frotando por todo su pecho, subiendo luego hasta la zona donde se une el cuello con el hombro. Ella le pasó la mano por el recio borde de su clavícula, se movió y puso allí la boca para saborear su piel—. Me gusta como sabes, Paul.

Paul se sintió atrapado por la magia de esas palabras, de esas manos sobre su cuerpo, pero su natural reserva se puso en alerta. Estaban al aire libre, a la vista de todos, aunque en todo el tiempo que habían estado allí, nadie más había pasado por el lugar. Y ya estaba comenzando a oscurecer, aunque la puesta del sol no había hecho desaparecer por completo la claridad.

—Carmen, esto es demasiado...

—Ssshh. Vamos a la camioneta —replicó ella, y él asintió, colocando las manos debajo de su cuerpo y transportándola con facilidad.

En la camioneta, ella ayudó a abrir la puerta y se metió en el amplio interior de la cabina. Él se le unió un momento después y se acomodó en el asiento, indicándole a Carmen que se acercara.

Carmen se sentó a horcajadas sobre él y se recostó contra al panel de mandos.

—¿Era esto lo que habías pensado? —bromeó ella, deslizándole las manos por debajo del borde inferior de la camisa, subiéndolas poco a poco hasta que pudo acariciarle de nuevo los fuertes músculos del pecho.

Él gimió de placer y le rodeó la cintura con las manos.

—En realidad, fui egoísta —dijo, mientras alzaba las manos, trazando las líneas de su cuerpo hasta que tomó sus senos entre ellas—. Sólo pensaba en lo que quería hacerte. Pero ahora puedo pensar en muchísimas cosas que me gustaría que me hicieras —admitió, haciendo que ella se sorprendiera de su honestidad.

Ella estaba toda derretida en su interior. Sus senos ya estaban excitados y tensos, pero, de pronto, una parte de su ser vaciló.

—¿Paul...?

—Mmmm —contestó él, pasando sus dedos hacia arriba y frotando con ellos sus pezones.

Carmen dejó escapar un entrecortado suspiro.

—Dios, Paul. —Se enderezó un poco, le cubrió las manos con las de ella y detuvo su movimiento—. ¿Está esto sucediendo realmente?

—He soñado con esto —dijo él con voz ronca y bajó la cabeza para besarla por todo el borde de la mandíbula—. He deseado esto durante tanto tiempo —admitió—. Pero tenía miedo de apurarte demasiado.

Sus palabras despejaron cualquier duda que ella pudiera haber tenido aún. Carmen se quitó la playera y le tomó la cabeza entre las manos, llenándole la frente de besos mientras él se inclinaba aún más y ponía sus labios en uno de sus pezones. La tela de su traje de baño no impidió que llegara a ella el calor y la humedad de la boca de Paul. Los suaves tirones de su boca, como los de un bebé lactando de su madre, trastornaron sus sentidos.

Paul le deslizó de los hombros los tirantes del traje de baño para dejar al descubierto parte de sus senos. Entonces, lenta, reverentemente, bajó la parte superior del traje. Sus senos eran abultados, con pezones amplios, color caramelo, tensos, deseosos de sentir otra vez la boca de él.

Paul tomó un pezón en la boca, excitó al otro con la mano, y el cuerpo de ella se fue relajando junto a él, deshaciéndose.

—Eres tan dulce —murmuró él, deteniéndose un instante; le pasó el pulgar y el índice alrededor del pezón, mojado con la humedad de su boca.

Carmen supo que su propio cuerpo ya no le pertenecía a ella. Lo único que deseaba era que él la tocara. Su boca sobre ella, y el peso de su cuerpo contra el de ella. El calor de ese cuerpo ardiendo contra el calor del suyo. Ella se bajó de sus piernas y se acostó sobre el asiento. Estiró la manos hacia él, invitándolo a que siguiera.

Paul comenzó a seguir tras ella, pero se detuvo en seco, y dijo una palabrota.

Carmen se sentó ligeramente. Había oscurecido, y trató de ver qué era lo que había sucedido. Todo lo que pudo ver fue que Paul estaba doblado hacia adelante, luchando con algo que estaba en el piso de la camioneta.

—¿Qué pasa?

—Estoy trabado —dijo él con frustración—. Me olvidé de quitar la correa de seguridad de la tabla y está en la puerta, creo. —Se sentó de nuevo, al parecer dándose por vencido de tratar de zafarse, y se movió hacia un lado del asiento.

Carmen se sentó, se acercó a él para restablecer la intimidad lograda, y sintió su muslo. Movió ligeramente la mano, tropezó con algo largo y duro y... delgado. Demasiado delgado...

—¿Es esto...?

—La palanca de cambios —dijo él en tono de queja y se golpeó la cabeza con la mano—. Lo siento, mi amor. Ésta no es la manera en que deberían ocurrir las cosas entre nosotros.

Ella también se sintió mortificada y, soltando la palanca, se levantó el traje de baño y se acercó a él. Le tomó la mejilla con la mano, y le dio un golpecito con un dedo sobre los labios.

—Tal vez en otra ocasión, Paul. Cuando no estés... cuando no estés atrapado en la puerta y yo realmente pueda encontrar tu...

—Por favor, basta. Esto no era lo correcto, y lo siento. Tú mereces algo mejor —replicó él con voz tensa.

Carmen sintió su cólera y su frustración y tuvo deseos de ayudar a aliviar su malestar.

—Yo te merezco *a ti*. Cuando llegue el momento, el momento de verdad para algo que sea tan especial como eso, sucederá y será lo correcto.

Paul metió la cabeza entre sus senos, donde ella lo acunó fuertemente junto a sí, dándole seguridad al tocarlo.

—¿Cómo puedes estar tan segura de las cosas?

—No lo estoy —admitió ella, dándole un beso en la frente—. Pero me costó mucho trabajo aprender que es necesario pensar de manera positiva. Que es necesario tener fe.

—Dime —dijo él, sentándola a su lado en la oscuridad, dándose cuenta de que si bien el momento de intimidad física ya había pasado, todavía era posible un diferente tipo de intimidad. Le hubiera gustado ver el rostro de Carmen durante ese momento tan especial, pero la luz de la luna era muy débil y el interior de la cabina estaba oscuro casi como boca de lobo.

—¿Decirte qué? —preguntó ella, con voz que reflejaba lo confundida que estaba.

—Dime qué fue lo que te obligó a pensar así. Qué fue lo que te dio la fuerza para continuar —la instó, tratando de conocerla mejor.

Carmen trató de verlo, pero no pudo. La oscuridad la revestía de cierto anonimato, le hacía posible contarle un poco de las cosas que la habían formado, que le habían dado esa filosofía de la vida. Le contó de sus primeros años en Cuba, de lo duro que había sido todo. Acerca de su viaje en bote a Estados Unidos y de sus temores de que nunca llegaran y de que se vieran forzados a regresar.

—Recé y recé, me dije que todo iba a salir bien. Yo era pequeña, pero sabía que si tenía la fe suficiente, todo se haría realidad.

—Y así fue —terminó él por ella.

—Sí. Desde ese día en adelante, he vivido mi vida de esa manera —dijo con confianza.

Paul deseó haber tenido esa certeza con respecto a la vida. Una seguridad tan firme de que si uno creía lo suficiente, sucedería lo que uno deseaba. Él hubiera querido tener fe toda su vida en que sus padres lo podrían querer como otros padres querían a sus hijos. Él hubiera querido tener fe en que su hermano podía ser como otros hermanos. Un amigo. Un luchador, pero aún a su disposición. Nunca nada de eso había sucedido, y Paul había perdido su fe y

había levantado defensas contra el dolor que le
habían causado las fracasadas relaciones de su vida,
contra la creación de nuevas relaciones, convencido
de que ésas también estaban destinadas al fracaso.

Hasta que Carmen había llegado a su vida. De
alguna manera, ella había encontrado una grieta en
su armadura, y le había dado una razón para intentar creer. Él sabía que era un riesgo, y un nudo de
temor le apretó el pecho, impulsándolo a abrazarla
con más fuerza.

Carmen le devolvió el abrazo, sintiendo el frío que
se había apoderado de él. Lo calentó con su cuerpo,
deseando encontrar la manera de calentar su alma,
de darle esa chispa que le permitiría pensar que era
posible. Sabía que podía demorar mucho tiempo,
pero sucedería. Por eso lo abrazó y lo dejó extraer de
ella lo que necesitara, hasta que él balbuceó finalmente un ronco "ya es hora de irnos".

Entonces, ella lo soltó físicamente, pero una
pequeña parte de su ser seguía abrazándolo y tenía
fe.

CAPÍTULO SEIS

Carmen jugueteó con la comida del plato, haciendo caminitos con el tenedor en la mezcla de frijoles negros y arroz.

—Si mami te viera haciendo eso, te diría que dejaras de jugar con tu comida. —Connie comía con gusto de su plato de congrí. Tomó el último pedazo del bisté a la cubana y lo masticó por completo antes de dirigirse de nuevo a Carmen—. ¿Hay algo que te preocupa hoy?

Carmen se encogió de hombros, pinchó con el tenedor el último plátano maduro frito y se lo comió.

—Nada... Bueno, tal vez —admitió a regañadientes.

Con mirada inquisitiva, Connie estudió a su hermana, consciente de que había muchas cosas que podían estar molestándola: su próximo examen para obtener la licencia como enfermera graduada, los préstamos de estudio que había que pagar y, finalmente, Paul Stone.

—Si se trata de dinero...

Carmen alzó de inmediato la cabeza, con los ojos bien abiertos de la sorpresa.

—¿Dinero? No, por suerte tu marido es un buen jefe. El otro día me dio un aumento.

Connie asintió, tomó su Coca-Cola de dieta y tragó un sorbo.

—¿Cómo van los estudios?

Su hermana se encogió de hombros con desgano.

—Bien, creo. Pero en realidad necesito dedicarles mucho más tiempo en las próximas semanas y me preocupa que Paul no pueda entenderlo.

Ahora Connie ya sabía de dónde venía la preocupación de su hermana.

—Paul tiene también muchas responsabilidades. Estoy segura de que entenderá —le dijo, pero al parecer no tuvo éxito en convencer a su hermana.

—Lo que me parece es que Paul lo único que quiere es divertirse. Y no es que me queje, porque en los últimos dos meses nos hemos divertido muchísimo juntos. Hemos estado en el Seaquarium, en los clubes de South Beach, hemos hecho windsurfing...

Connie escuchaba a Carmen mencionar la letanía de lugares donde ella y Paul habían estado y supo ahora por qué Paul se veía tan cansado. Para haber estado llevando a Carmen a todos esos lugares, sin dejar de cumplir sus tareas, debería haber estado trabajando en su casa hasta altas horas de la noche.

—Entiéndeme... —se quejó Carmen, gesticulando con las manos en ademán de frustración—. Me gusta hacer cosas, pero la vida es más que diversión. —Terminó la frase con un arranque de enojo.

—Caramba, estoy asombrada de que seas *tú* la que digas eso. Eso era lo que yo te repetía constantemente durante la secundaria —le recordó Connie.

—Eso no es justo —le ripostó Carmen, y Connie sintió pena al ver la expresión herida de su rostro. Se acercó y tomó la mano de su hermana.

—Lo siento, Carmencita. Pero es que tú y yo somos tan diferentes en ese sentido, que nunca pude entenderlo. Tú te divertiste, pero también lograste muchísimo y estoy muy orgullosa de ti. No lo dudes jamás.

Los ojos de Carmen brillaron ante el comentario de su hermana, y tuvo que contenerse para no comenzar a llorar. Últimamente había estado sintiéndose tan extraña, como si no fuera ella misma. Estaba acostumbrada a mantenerse bajo control, a ella y a su vida, pero ahora con Paul, parecía que todo eso había cambiado.

—De verdad que me gusta —admitió ante su hermana.

—¿Tanto te gusta? —insistió Connie.

—*Muchísimo* —respondió Carmen—. Me hace sentir cosas que yo... —Alzó las manos en un gesto de confusión.

—¿Se han acostado... ?

—No, Conita. La cosa no es así. Por lo menos, todavía no. —Carmen bajó la mirada hacia su plato, muy pensativa, antes de volver a enfrentar de nuevo a su hermana—. ¿Te acuerdas de cuando estábamos hablando de las precauciones?

Connie asintió.

—Yo sé que tú y ese chico, Rivera...

—Lo hicimos sólo una vez. Sólo una vez, aunque te hice creer que no fue así. Y no ha habido ningún otro.

Connie se sintió aliviada y contenta de que su hermana tuviera tan buen juicio en estos tiempos de tantas enfermedades sexuales.

—¿Y Paul? —le preguntó.

Carmen se encogió de hombros y comenzó a hacer confeti con su servilleta.

—Me toca y me derrito. Pienso en lo que quiero que me haga... Estoy perdida, Conita.

Ésta estiró la mano para impedir que Carmen siguiera haciendo papelillos de la servilleta.

—¿Por qué vacilas?

—¿Por qué? Estoy saliendo con un hombre al que hace poco más de un año tú le dedicabas todos los insultos imaginables —le recordó Carmen.

Connie desvió la mirada con incomodidad.

—Bueno, quizás me equivoqué con respecto a él.

Riéndose, Carmen bromeó con su hermana.

—Me parece imposible creer que tu radar pueda haberse equivocado de tal manera.

Connie se encogió de hombros, y vaciló un instante antes de contestar.

—Tal vez el exceso de interferencia hizo que mi radar no funcionara bien.

A Carmen le era difícil aceptar esta idea. El instinto de su hermana rara vez se equivocaba, pero, en fin, tampoco el de ella se equivocaba mucho, y a ella Paul le había resultado muy agradable. Ella insistió, deseando una respuesta.

—¿Qué tipo de interferencia?

—Rivalidad profesional. Celos —respondió Carmen, en tono casi pensativo, pero al parecer se dio cuenta de que eso no era suficiente para su hermana—. Estábamos luchando por lo mismo: ser asignados de regreso a Miami. Ser los mejores de la clase. Ambos queríamos eso más que todo, y tal vez eso fue lo que complicó las cosas.

—¿Y? —saltó Carmen—. Tú no eres el tipo de persona celosa.

Connie asintió.

—Sí. No lo soy, pero esa vez lo fui. Resentía que a Paul todo le hubiera sido tan fácil en la vida. Nadie dudó jamás que él podría ir a la universidad. Nadie dudó que iría a la escuela de leyes. No tuvo que luchar por dinero. No tuvo que trabajar por la noche para pagar las cuentas. —Se encogió de hombros, llenó el vaso y tomó un trago antes de continuar—. Y ahí estaba él, con posibilidades de tomarme la delantera en lo que yo más deseaba.

Carmen pensó en aquello, y la entendió.

—Te prejució lo que sentías acerca de él. Tal vez injustamente.

—Sí —respondió Connie con un sentido suspiro—. Desde entonces me he dado cuenta de que él me apoya mucho. Que entiende lo duro que me resulta, siendo mujer, trabajar en el Buró. Y puede ser bastante agradable.

—Sí, lo es —convino Carmen—. Pero aún así, hay algo. No puedo determinar lo que es. —Comenzó a hacer tiritas de la servilleta otra vez. Pero cuando se dio cuenta de lo que estaba haciendo, se detuvo, y siguió con su historia—. Siempre quiere divertirse. Es como si nunca antes hubiera hecho nada de eso. —Aquello era en parte pregunta, en parte afirmación, esperando que Connie pudiera descifrar mejor al hombre que tanto la atraía.

La mesera vino hasta ellas, apuntó sus pedidos de postres y se llevó los platos. Connie prosiguió su conversación.

—Me da la impresión de que tal vez todo esto es algo nuevo para Paul. Siempre ha sido tan serio, tan aburrido. Nada amistoso. Al principio pensé que era esnobismo, pero ahora... —Connie, comprendiendo cuál era el problema, hizo un ademán con las manos—. Creo que es un hombre solitario e inseguro. No muy seguro de cómo lidiar con la gente. Has cambiado eso, y a él también.

Para mejorar, pensó Carmen, convencida de que su relación valía la pena.

—Cómo hago para que deje de ser... No sé... Es tan inhibido. Reservado, como si tuviera miedo. Y quiero que se abra conmigo y que me llegue a conocer bien. Que conozca mi aspecto serio. Y también el divertido. ¿Me entiendes lo que quiero decir?

Connie pensó en las carpetas de archivos que estaban sobre el escritorio de Stone, que ella sabía que él tendría que haber revisado ya el lunes. Se preguntó si Paul había hecho planes con Carmen para el fin de semana, y le preguntó a su hermana.

—Sí, aunque no sé qué planes son —contestó Carmen en tono desanimado.

—Tú tienes que estudiar, ¿no es así? —preguntó Carmen.

Carmen puso los ojos en blanco y dijo con voz quejumbrosa:

—Sí. Y cantidad. No falta mucho para los exámenes y quiero estar preparada.

—Díselo. Dile que quieres verlo, pero que tienes cosas que hacer. Pregúntale si hay algún modo de que las puedan hacer juntos.

Carmen consideró lo que había dicho su hermana. Ella quería que Paul viera otros aspectos de ella. Y también quería descubrir ella misma que ambos podrían pasarla bien tan sólo estando juntos en actividades cotidianas. Lo que Connie propuso podría lograr las dos cosas.

—¿Cómo es que te has vuelto tan sabia respecto a los hombres? —bromeó con su hermana, sonriendo al tiempo que la mesera traía los flanes que habían pedido. El dulce, hecho de leche y huevo, estaba delicioso, con una capa de sirope de caramelo.

—Tuve una buena maestra —dijo Connie con una sonrisa irónica.

Carmen se rió por lo bajo, se acercó a su hermana y le dio un abrazo, pensando en que el peso de sus problemas parecía haber desaparecido de sus hombros.

Al principio, la petición de Carmen había tomado a Paul por sorpresa, pero luego se dio cuenta de que aquello era la respuesta a sus problemas. Durante los dos últimos días había estado preocupándose sobre cómo podría revisar los archivos sin tener que dejar de verla a ella este fin de semana. Durante los dos últimos meses no habían pasado una semana sin verse, y él siempre esperaba ansioso el momento de estar juntos. Pero eso estaba dificultándole el trabajo, y durante la semana había estado pasándose muchas largas noches tratando de terminar el trabajo que, antes de que apareciera Carmen, él hubiera terminado en un fin de semana.

Pero no cambiaría su tiempo con Carmen por nada. Ella lo hacía sentirse joven y vivo. Que valía la pena. Hacía tanto tiempo que nadie lo había hecho sentir que él era alguien a quien valía la pena amar y por quien valía la pena preocuparse. Pero le preocupaba que pudiera fallarle a Carmen. Por esa razón había planeado todas sus salidas con tanto esmero, tratando de asegurar que ella pasara un buen rato. Eso no quería decir que él no hubiera pasado un buen rato también. Claro que sí. Se había divertido más de lo que jamás pensó que él fuera capaz de hacerlo.

Pero ahora lo único que ella quería era pasar un tiempo a su lado. Ella iba a estudiar y él a trabajar.

Parecía fácil, pero él no veía cómo esto podría resultar fácil. Mientras empacaba las carpetas para trabajar con ellas durante el fin de semana, hizo mentalmente una lista de todo lo que tenía que hacer antes de ir a buscarla y llevarla a su casa. Después de todo, él quería que todo fuera perfecto para ella.

Era la única forma en que podía estar seguro de que la mantendría junto a él.

Su casa estaba en Coral Way, una calle de Coral Gables. Estaba a sólo veinte minutos de la casa de los padres de Carmen, aunque a años luz de distancia. Su casa estaba a sólo unas cuantas manzanas de distancia del Country Club, la Piscina Veneciana y el Hotel Biltmore, en un barrio conocido por su belleza y su sentido de la historia. Un área de gente acomodada.

Ella salió del jeep y, desde el amplio camino que conducía al frente de la casa, apreció las elegantes líneas neoclásicas de la vivienda, al estilo de una villa italiana. El edificio tenía dos plantas y una entrada impresionante. Dos columnas altas sostenían un pórtico y llevaban la mirada hacia la puerta de entrada. Al final y al centro del pórtico, dos puertas dobles de madera y de color oscuro estaban enmarcadas por ventanas altas y estrechas a cada lado. Ante cada una de las ventanas, había grandes tiestos de terracota sembrados de matas esculpidas. Sobre la puerta se destacaba un coloreado vitral de medio punto. Sus matices color tierra combinaban con el marfil de las paredes estucadas, el pardo oscuro de las maderas y las tejas de color anaranjado-rojizo del techo.

El jardín al frente de la casa era apropiado al ambiente de Miami. A cada lado de la entrada principal, una gran palma imitaba las líneas alargadas de las columnas del pórtico. Otras palmas esparcidas por diversos lados le daban sombra a la casa, mientras que hermosas plantas tropicales, algunas de ellas floreciendo con escandalosos colores, acentuaban con gran gusto la arquitectura.

—Es adorable.

Él sonrió y se inclinó para sacar del auto el maletín de Carmen, lleno de libros.

—Me alegro de que te guste.

Ella le tomó la mano y él tiró de ella juguetonamente, avanzando junto a ella por el sendero y penetrando en la casa.

En su interior, la casa estaba igualmente bien arreglada. El moblaje era clásico, de antigüedades europeas con telas muy trabajadas: hilos, sedas y brocados. En el recibidor, un enorme armario con gavetas, hecho de espléndida caoba, servía de base a un gran búcaro de cristal con un maravilloso arreglo floral: fresias, lirios y lilas, desbordantes de fragancia. El armario estaba en el centro, debajo de un espejo que abría el espacio al reflejar el resto de la casa. A cada lado había una butaca antigua, tapizada en una tela color crema y de textura nudosa.

Después del recibidor, había una sala grande. Allí, las paredes, al igual que en el recibidor, eran de color marfil, pero tenían una textura de un esmalte más oscuro. Una pared de la habitación estaba dominada por un gran sistema de entretenimiento situado en un gabinete mandado a hacer especialmente para combinar con las antigüedades de época del resto de la habitación. Dos lujosos y voluminosos sofás, en telas de un marfil más intenso, estaban uno frente al otro. Entre ambos había una mesita de centro con una superficie de mármol blanco y artísticamente vestida con una rica tela brocada.

La pared más alejada era toda de vidrio y dejaba ver una amplia terraza de piedra caliza y una piscina. Él la llevó hacia la parte de atrás de la casa y, a medida que se acercaban al final de la gran sala, ella notó que la habitación se abría a la derecha, hacia un comedor igual de fabuloso y amplio, y hacia un rinconcito para desayunar, más reducido.

—Todo esto es muy lindo —le aseguró ella al notar la mirada casi ansiosa que había en el rostro de il.

Él pareció relajarse ante sus ojos y sonrió, conduciéndola a través de una puerta francesa abierta que llevaba al patio.

—Lo arreglé todo para que nos quedáramos aquí, junto a la piscina. Pensé que tal vez sería más relajante.

Era estar en el paraíso, pensó ella. Era una piscina larga y rectangular rodeada por la terraza de piedra caliza y los jardines. Al lado izquierdo de la piscina habían apiladas rocas de piedra caliza que creaban una especie de cascada en la que el agua caía desde los diferentes niveles de las piedras. La piedra caliza estaba incrustada de losas de cerámica de colores que imitaban los matices de color tierra que había por toda la casa.

Ella se volvió y suspiró de gusto al ver su área "de trabajo". Debajo de las hojas de una gran palma él había colocado una mesa y dos sillas de hierro forjado. Un poco hacia un lado, pero aún en la sombra, había dos divanes con cojines. Entre los dos divanes, y a cada lado, había mesitas para —dedujo ella— poner sus papeles y otros materiales. Al fondo, el sonido del agua cayendo por las piedras y de las hojas mecidas por el viento, resultaba calmante y seductor.

—Es posible que me sea difícil ponerme a trabajar —admitió ella, pensando soñadoramente en cuán fácil sería, por el contrario, entregarse a la comodidad del diván y relajarse.

—A mí también —dijo él, volviéndose y acercándola a sí—. Pero por otras razones.

Carmen se sobrecogió de placer con esa confesión, pues sentía que él estaba tratando de abrirse a ella. Se inclinó hacia él y depositó un fugaz beso en sus labios.

—Tal vez eso te satisfaga hasta más tarde.

Paul le pasó el brazo por la cintura y la atrajo hacia él.

—No, pero tal vez esto sí —dijo, y besó con ansia su boca, casi posesivamente, sin darle un respiro hasta que Carmen se derritió contra él, soltó su bolsa y le deslizó los dedos por la espalda para apretarlo más.

Cuando él se separó, ella lanzó un quejido de protesta.

—¿Tienes hambre? —preguntó él.

Carmen asintió y dijo en broma:

—Sí, pero no de comida.

En la mente de Paul no había la menor duda de que, a pesar de la naturaleza juguetona de su respuesta, había querido decir algo más. Lo pudo ver en el rubor que cubrió sus mejillas y en la oscuridad que adquirieron sus ojos café con leche. Pero iba a esperar para aceptar su oferta.

—Primero, almuerzo. Luego, estudio. Y después...

—¿La cena?

Él se rió, indicándole la mesa y las sillas. Carmen se sentó y desdobló cuidadosamente la servilleta que estaba en su lugar.

Ya sentada, ella esperó por él, que quitó la tapa de un bandeja mediana que tenía un montículo de ensalada de camarones sobre una cama de finas tajadas de aguacate.

—Sírvete, por favor —dijo él, tomando una cesta cubierta con una servilleta y quitándole la tela para poner al descubierto varios panecillos y *croissants* para que ella seleccionara de entre ellos.

—Gracias —dijo ella, mientras tomaba un *croissant*, esperando mientras él le servía un poco de ensalada y aguacates, y luego se servía otro poco en su propio plato. A continuación, tomó una jarra y le ofreció de beber.

—¿Limonada fresca... o quieres que vaya a la cocina y traiga un refresco?

—La limonada está bien, gracias —contestó ella—. No tienes que hacer nada especial, Paul.

Paul la estudió, sin estar muy seguro de que ella estuviera siendo completamente honesta. En su círculo general de amistades, todo el mundo esperaba algo. Pero mientras examinaba el rostro de ella, vio que había en él una expresión de sinceridad sin ningún matiz de engaño. Él quería devolverle parte de esa honestidad.

—Las personas con las que me reúno por lo general —los amigos y conocidos de mi familia— siempre quieren las cosas de una manera determinada, esperan determinadas amabilidades que en cierta forma se supone que...

—¿Las hagan pensar que tú te preocupas por ellas? —lo interrumpió Carmen, y se estiró para tomarle la mano—. ¿Es que ha sido así cada vez que has salido con una chica? ¿No te das cuenta de que a mí eso no me importa? A mí me gustas así como eres.

Paul asintió, sin poder hablar, pero le apretó aún más la mano.

Carmen dio un respingo debido a la presión de su mano, y él la soltó un poco. Pero parecía que ella sabía que él necesitaba más en este momento. Se levantó y caminó hasta él; él hizo girar su silla, alejándola de la mesa. Ella se sentó en sus piernas, atrajo hacia sí su cabeza y la acunó entre sus senos.

—La hemos pasado muy bien juntos en las últimas semanas, Paul. Pero creo que podríamos pasarla bien tan sólo estando juntos, sin que tu siempre trates de... estar al nivel de todo eso que se espera de ti.

Él le rodeó la cintura con los brazos y disfrutó de su cariño, de la seguridad que le ofrecían sus brazos. Después de un buen rato, murmuró con voz ronca:

—Tú también me gustas. Así mismo como eres.

Carmen depositó un beso en el borde de sus cejas, susurrando quedamente:

—Me alegro, porque no estaba segura de que yo pudiera cumplir todo lo que esperas de mí.

Él se separó y alzó la cabeza hasta que sus labios rozaron los de ella.

—Tú has destrozado todas mis expectativas, Carmen. Eres más de lo que jamás podía haber esperado. —Paul apretó su boca contra la de ella, diciéndole mucho más con el lenguaje de su labios.

Carmen lo sintió en el modo en que él la abrazaba, en como le abría él su corazón con aquella forma en que sus labios tomaban los de ella, llenos de amor y de aprecio; y ella lo estrechó aún más, queriendo que él supiera que ella se interesaba en él de igual manera. El beso se prolongó, suave, tentativo, generoso... y cuando terminó finalmente, ella se sintió apreciada de una manera totalmente nueva.

Cuando lo miró, él estaba sonriendo felizmente, y sus ojos verde esmeralda brillaban con intensidad. Lo besó fugazmente en los labios, saltó de sus piernas y anunció:

—Es hora del almuerzo, y de trabajo después, ¿recuerdas?

Paul se rió entre dientes, secándose una lágrima que le salía por la esquina de un ojo. Mientras ella regresaba a su asiento y se sentaba para terminar el almuerzo, Paul le llenó el vaso. Ella le sonrió, tomó con el tenedor un poco de la ensalada de camarones que él había preparado y le devolvió su sonrisa, agradeciendo a quienquiera que estuviera allá arriba que se lo hubiera traído.

CAPÍTULO SIETE

A la sombra del árbol hubo fresco todo el día, mientras Paul leía las carpetas de los casos y Carmen tomaba notas constantemente y marcaba en color partes de su libro de estudio para los exámenes.

Paul le había lanzado una mirada de reojo más de una vez mientras estudiaba, notando su intensidad al tiempo que ella repasaba los materiales para su próximo examen. Era una nueva faceta de ella, y esto lo intrigaba. Se preguntó si ella le dedicaba tanta atención a todas las cosas en las que estaba interesada.

Carmen alzó la cabeza, al parecer repitiendo en voz baja algo que había acabado de leer, y notó que él la observaba.

—¿Pasa algo?

Él sacudió la cabeza y puso a un lado la carpeta que había acabado de leer.

—Es que estaba fascinado.

—¿Un caso interesante? —preguntó ella, obviamente inconsciente de que ella era el objeto de su atención.

—Mucho —contestó él y se levantó, temeroso de no poder impedirse hablar demasiado y prematuramente—. Voy a preparar algo de cenar.

Carmen puso a un lado sus libros, su pluma y su marcador de color.

—Por favor, déjame ayudarte.

Él dudó por un segundo, pero luego asintió, le ofreció la mano y la ayudó a incorporarse del bajo diván. Pero en el momento en que ella iba a caminar hacia la casa, él la atrajo hacia sí y la abrazó.

—Gracias —le dijo, depositando un beso en su mejilla.

—¿Por qué? —preguntó Carmen.

Paul sonrió.

—Por sugerir que podíamos reunirnos de esta manera. No sé cómo habría podido terminar mi trabajo este fin de semana si no hubiera sido así.

—Yo también he adelantado mucho, así que no hay por qué agradecerme. —Se alzó una leve ráfaga de viento que lanzó un mechón del cabello de Paul sobre su frente. Carmen se acercó y le echó el pelo hacia atrás con el dedo, y un estremecimiento de deseo le recorrió a él las entrañas.

Paul le tomó la mano, la llevó a su boca y la besó en la palma.

—La mayoría de las mujeres que conozco no habrían considerado esto una buena cita —admitió él.

Carmen abrió la mano que él tenía asida y le rozó los labios con sus dedos, trazando su duro borde. El suave roce de la sombra de barba de la tarde le hizo cosquillas en el dedo índice, mientras ella lo pasaba por el labio superior de Paul; ella sonrió y le dijo mirándolo:

—Entonces, la mayoría de las mujeres que conoces son tontas.

Paul frunció el ceño mientras consideraba lo que ella había dicho, pero ella estiró la mano y le desarrugó el gesto con los dedos.

—¿Por qué? —preguntó él por fin.

—Deberían estar satisfechas con tan sólo tener tu compañía —contestó ella, pues de alguna manera sabía que él necesitaba esta clase de seguridad. Que pocas personas en la vida de Paul habían dedicado parte de su tiempo sólo a estar con él. Ella se zafó de sus brazos, sin soltarlo de la mano, y tiró de él en dirección a la casa.

—Vamos. Vamos a prepararnos la cena y luego vamos a descansar y a relajarnos.

Finalmente, la noche estaba empezando a caer mientras Paul terminaba de comer la cena que él y Carmen habían preparado juntos.

Él volvió a sentarse en su silla, con la barriga llena, repleto de la sencilla cena. Un bisté de lomo, que Carmen había adobado con cebollas y jugo de limón, papas asadas y una ensalada nunca le habían sabido tan bien. Mejor que cualquier restaurante gourmet, pero él sabía que aquello tenía poco que ver con la comida, y sí todo que ver con el hada deliciosa que estaba sentada frente a él.

Carmen terminó el último pedazo de su bisté y se limpió la boca con la servilleta.

—Estaba delicioso —dijo con tono sincero, y él sonrió, apreciando su alegría de vivir.

—Me alegra que te guste. ¿Quisieras comer postre? —preguntó él, pensando en la torta de fresa que había comprado esa mañana.

Ella se dio una palmadita en el estómago y gruñó juguetonamente.

—Estoy un poquito llena ahora; tal vez más tarde.

Él asintió.

—Yo también estoy repleto. Quizás nos ayude hacer un poco de ejercicio. ¿Qué me dices si nadamos?

Carmen se volvió y pensó ansiosa en la piscina que estaba detrás de ella. La noche, ya muy cercana, los envolvía en su secreto abrazo, convirtiendo el patio en un lugar exclusivamente para ambos. A medida que había ido oscureciendo, Paul había encendido luces en el jardín y la piscina, y una pequeña vela que estaba sobre la mesa. Esto había hecho de su cena algo íntimo. Las luces del fondo de la piscina les habían brindado una suave iluminación, y habían dado al agua un color azuloso brillante e invitador que le habían recordado a ella los matices de color en los ojos de él. Por desgracia, no estaba preparada.

—Lo siento. No tengo traje de baño.

Paul se inclinó hacia ella, con una sonrisa maliciosa.

—Tienes el traje con el que viniste al mundo —le recordó él, y Carmen se sonrojó y musitó un vacilante "sí, lo tengo".

Él se acercó y pasó suavemente un dedo por el rubor de su mejilla.

—¿Sabes que mezclas el español con el inglés cuando estás nerviosa?

Carmen se ruborizó aún más y se preguntó si él podría sentir cómo ella ardía mientras él seguía trazando con los dedos el contorno de su mejilla.

—¿De verdad? —comenzó a decir ella en español, pero se detuvo en seco cuando él se rió—. Está bien, tú ganas. Estoy nerviosa.

—No lo estés. No voy a obligarte a nadar. —Él se levantó, comenzó a despejar la mesa y cuando ella se incorporó para ayudar, él la detuvo gentilmente—. No. Eres mi invitada y necesito estar un tiempo solo.

Carmen estudió su rostro bajo la mortecina luz. Tenía los párpados caídos y el verde de sus ojos era ahora más oscuro y turbulento.

—Sólo quería ayudar —dijo ella, a modo de excusa.

—No tienes por qué disculparte. Sólo necesito tratar de olvidar tu imagen en el traje con el que naciste. —Él sonrió y se alejó. Desafortunadamente, había abierto una caja de Pandora que ella no podía cerrar; se imaginaba a sí misma en la piscina, su cuerpo desnudo entre las frías aguas. Desnuda ante el calor de su mirada; todo su interior se calentó y tembló.

La había pasado bien hoy, había llegado a ver otro aspecto de él, de la misma forma en que ella confiaba que él hubiera visto otro aspecto de ella. Y sabía que ya era hora de hacer algo más respecto a esta relación.

Paul dejó los platos sucios remojándose en el fregadero, sin querer perder ni un minuto de su tiempo junto a Carmen. Pero cuando regresó a la mesa, ya ella no estaba allí. Buscó por el jardín y notó que habían apagado las luces de la piscina, aunque las luces a lo largo de los senderos estaban aún encendidas. Gracias a esa claridad y a la relativamente brillante luz de la luna, pudo ver los bordes de la piscina, pero nada más. Se acercó, y un salpicar a la orilla de la piscina, que reflejaba la luz de la luna, le dio una idea de dónde estaba ella.

Los latidos de su corazón se aceleraron mientras caminaba hacia el borde. Allí estaba ella, esperando, con los brazos desnudos apoyados sobre el borde de la piscina, el pelo corto reluciendo con el agua, negro y liso como la piel de una foca. Él se agachó, bajándose hasta que el rostro de ella se hizo visible. Ante la sonrisa vacilante de Carmen, él sonrió también y bromeó:

—Ya veo que has encontrado tu traje de baño.

Ella se acercó más al borde, impidiendo que él pudiera vislumbrar algo.

—El agua está tibiecita. ¿Vas a venir conmigo?

Paul se incorporó, se zafó el cinturón sin dejar de mirarla, y pudo ver el fugaz esbozo de la curva de su espalda debajo de la superficie del agua. La imagen, rápida como había sido, hizo que él continuara excitándose, desabrochándose con torpeza los jeans.

—En un segundo, si prometes no mirar.

Ella frunció la nariz y se encogió de hombros.

—Me parece justo. Me voy a voltear.

Hizo lo prometido, con los brazos cruzados sobre el pecho, sin dejarle a él ver nada. Confiando en ella, aunque consciente de su tendencia a actuar espontáneamente, él tomó sus precauciones. Se volteó de espaldas a la piscina y comenzó a bajarse la cremallera del pantalón.

El sonido raspante del metal sobresalió entre los ruidos nocturnos. Carmen se mordió el labio, decidida a mantener su promesa, hasta que el golpe de sus zapatos deportivos cayendo sobre el cemento fue una tentación demasiado grande. Lentamente, se dio vuelta en el agua, con suavidad, para no hacer ningún ruido.

Él estaba de pie, muy cerca de ella, con el cuerpo iluminado por la luz de la luna, mientras se quitaba los apretados jeans y se doblaba por la cintura para sacarse los calcetines.

Era bellísimo, todo bronceado excepto a lo largo de las nalgas, donde su piel era más blanca debido a que no la había tocado el sol de Miami. Sus músculos largos y bien formados se movían en la espalda y las piernas al tiempo que se desprendía de la última prenda de ropa. Ella soltó un gemidito, aspiró sobresaltada, y Paul se volteó, manteniendo aún los pantalones frente a él.

—Me lo prometiste —la regañó él.

Carmen se encogió de hombros otra vez para darle su mejor sonrisa, como quien dice "lo siento".

—Fue demasiada la tentación —admitió desconsolada y temblando interiormente de ansiedad.

Él elevó una ceja, con una expresión decididamente traviesa, y se volvió por completo, con los pantalones aún cubriéndole estratégicamente las partes más íntimas de su cuerpo. Cuando se inclinó hasta que estuvo casi pegado a la cara de ella, mantuvo en su sitio los pantalones, pegados ahí de alguna manera, impidiendo los intentos de Carmen por mirar.

—¿Y cuál crees que debe ser el castigo por romper esa promesa?

Ella vaciló, deseando que esta situación se desarrollara más, aunque, por el momento, dudosa de cómo lograr eso. Hasta que se le ocurrió una idea, una travesura que no pudo quitarse de la cabeza usando el poco sentido común que le quedaba. Apoyándose en los brazos, se alzó hasta que la parte superior de sus senos se hizo visible y quedó casi pegada al rostro de él.

—Tal vez un castigo no es realmente lo correcto —dijo ella con su voz ronca, elevando un brazo para ponérselo alrededor del cuello a Paul, atrayéndolo hacia ella hasta que los labios de ambos se rozaron—.

Tal vez sea yo la que deba pagarte de alguna forma —sugirió, y se encontró con su mirada mientras él trataba de echar una ojeada a sus senos.

—Tal vez... —fue todo lo que él alcanzó a decir al tiempo que ella lo apretaba aún más por el cuello con su brazo, se separaba de la pared de la piscina empujándose con las piernas, y lo arrastraba con ella hacia el agua.

Paul salió a la superficie junto a ella, escupiendo agua, con los pantalones todavía agarrados con la mano. Los lanzó sobre el borde de la piscina, estiró los brazos y le puso las manos en la cintura, al tiempo que ella ponía las suyas sobre sus hombros, dejando que él la contemplara desnuda.

Su sexo se endureció al instante y un calor recorrió todo su cuerpo. Paul se preguntó si ella podría sentir aquello mientras acariciaba con pereza los hombros de él. Se preguntó si le estaría saliendo vapor por la piel mientras el agua de la piscina le corría por el cuerpo. La miró a los ojos y la invitación que vio en ellos lo hizo temblar.

—Me gusta tu traje —dijo él quedamente, acercándose más a ella, moviendo sus manos hacia arriba para tomar en ellas la parte inferior de sus senos.

Ella inspiró breve, rápidamente, y observó las manos de él. Finalmente, él se acercó las últimas pocas pulgadas que quedaban entre los dos y rodeó sus tensos pezones con el pulgar y el índice hasta que ella lanzó un quejido de placer, cerró los ojos y movió incesantemente sus manos sobre los hombros de él.

Cuando él bajó las manos hacia su cintura, ella musitó una protesta, hasta que él la alzó, sacó del agua su ligero cuerpo y llevó los senos de ella hasta su boca. Chupó de ellos y ella le acunó la cabeza entre sus brazos.

Carmen dejó caer una lluvia de besos sobre la parte superior de su cabeza y su frente, mientras él seguía tirando suavemente de sus senos con la boca, provocando que ella se descontrolara. Carmen le pasó las manos por sus hombros, tan anchos y grandes. Sus músculos se sentían tensos bajo las manos de ella, que los masajearon hasta que él se relajó. Carmen arrastró todo el cuerpo contra el suyo. Él gimió contra sus senos, envolviéndola apretadamente con sus brazos.

Ella le rodeó la cintura con sus piernas, abrazándolo con todo el cuerpo.

—Paul, mi amor.

—Mmmm —murmuró él, y besó la punta de su seno otra vez, mientras la conducía lentamente hacia los escalones de la piscina—. Dilo otra vez. Me gusta como suena.

Carmen lanzó una risa ronca y él se regocijó con ese sonido.

—Mi amor —repitió ella en español, como él le pidió, y le dio un beso cerca del pómulo.

Paul cambió de posición hasta que estuvo debajo de ella, cuyo cuerpo descansaba contra el suyo mientras él se mantenía acostado sobre los duros escalones de la piscina. La cabeza de ella estaba apoyada sobre el pecho de Paul. Él movió sus manos arriba y abajo de su espalda, hasta el pequeño valle en la parte superior de sus nalgas. Pasó el índice suavemente por el borde de su columna en esa área y sintió como ella se estremecía encima de él.

—¿Qué significa eso? —preguntó él, pues no sabía casi español, a pesar de haber vivido siempre en Miami.

Ella lo estrechó aún más y le acarició el pecho con la mano. Hubo un instante de vacilación de su parte antes de que pudiera responder suavemente:

—Significa "my love".

Una alegría sin límites lo invadió, aunque le siguió siendo difícil tener fe. Se separó de ella ligeramente, se golpeó la cabeza contra el escalón superior de la piscina e hizo una mueca de dolor.

—¿Estás bien? —dijo Carmen, dándole la vuelta y frotando la parte de atrás de su cabeza, que era donde se había golpeado.

—No me va a doler si me dices que estabas segura de lo que dijiste. ¿Soy yo tu amor? —le preguntó él con un dejo de añoranza en la voz.

Carmen lo miró, y ya estaba a punto de darle una respuesta en broma, pero el tono de su voz y la sinceridad de su rostro la detuvieron. Aquel sentimiento de esperanza podría ser destrozado tan fácilmente por una respuesta demasiado irreflexiva. Con dulzura, ella le pasó la mano por su mejilla, la tomó y con un dedo trazó el contorno de sus labios.

—Pienso —comenzó a decir dulcemente— que eres un hombre maravilloso. Y que te tengo mucho cariño.

Entonces él sonrió, y una suave calidez recorrió el cuerpo de Carmen, empezando por el dedo que perfilaba la forma de la sonrisa de él, subiéndole por el brazo, continuando por sus senos y siguiendo más hacia abajo.

—Creo —continuó ella— que eres atractivo y divertido. Y aún mejor cuando eres tú mismo, como hoy.

Él le agarró el dedo y le impidió moverlo.

—No me has contestado todavía mi pregunta, mi amor —le dijo lentamente; las dos últimas palabras vacilaron en sus labios, aunque se sentían dichas con sinceridad.

El acento de Paul en español sonaba afectado, pero a ella la emocionaba escuchar esas palabras en sus labios.

—Dilo otra vez.

Paul alzó la cabeza, rozó los labios de ella con los suyos, aunque muy levemente, provocándola, mientras murmuraba:

—Mi amor, Carmen —repitió con tono más seguro—. Pero tú, ¿lo dijiste de verdad?

Aunque sus labios se tocaron apenas, los dos se sintieron unidos por una especie de electricidad. Ella le frotó los labios de un lado a otro con los suyos, haciendo surgir una corriente aún más fuerte.

—¿Y tú? —le preguntó ella en respuesta.

Entonces, él le tomó la cabeza entre las manos, y su estado de ánimo cambió súbitamente, poniéndose serio.

—Jamás en mi vida me he sentido así. —El admitirlo hizo que su voz se tornara áspera y que su cuerpo se pusiera tenso.

Los ojos de Carmen se llenaron de lágrimas al pensar que este hombre tan cariñoso, tan sensible, no hubiera tenido nadie que lo amara. Pero ella se dio cuenta de que sí lo amaba y quiso que él no tuviera ninguna duda de sus sentimientos.

—Te amo, Paul. Eres mi amor y te deseo como nunca he deseado a ningún otro hombre.

Paul cerró los ojos y la estrechó muy junto a sí, con el corazón latiéndole tan fuertemente que pensó que ella podría sentirlo mientras tenía la cabeza pegada contra su pecho. Él también la deseaba, y no sólo por el aspecto sexual. En los dos últimos meses, había llegado a necesitarla como un adicto necesita una droga. Ella era su alegría, su felicidad. Su sonrisa hacía que se iluminara hasta el más triste de sus días. Ella era todo aquello que él había pensado que le sería imposible encontrar. Y la amaba, con toda su alma.

—Yo... te... amo —le dijo, logrando superar el grueso nudo que se le había formado en la garganta, mientras la emoción hacía que su voz le sonara extraña a sus propios oídos—. Y te deseo. Quiero hacerte el amor, si tú también lo quieres.

Ella alzó la cabeza, y el brillo de su sonrisa hizo desaparecer la oscuridad de la noche.

—Te deseo. Todo tú, Paul, en cuerpo y alma.

—Ya me tienes.

CAPÍTULO OCHO

Paul salió de la piscina cargándola en sus brazos, con sus cuerpos chorreando mientras él caminaba hacia la casa dejando una senda de agua tras él. Ella se agarraba a sus hombros, sin dejar de sonreírle mientras penetraban por las puertas francesas y llegaban a la sala. Hubo un momento en el que ella comenzó a deslizarse, pero él la alzó empujándola hacia su pecho y la aseguró más firmemente entre sus brazos.

Ella se agarró más fuertemente a él y se elevó un poco para poder susurrarle al oído:

—Podría acostumbrarme a esto.

Él inclinó la cabeza y le mordió suavemente un costado del cuello.

—Y yo también.

En pocos pasos, él estaba subiendo por la escalera, casi corriendo hacia arriba con ella en brazos, hasta que llegó a la puerta de su dormitorio. En ese momento vaciló y la miró. En la mirada de ella no había vacilación, sólo deseo y... amor.

Él la llevó hasta la cama y se detuvo, dándole a ella tiempo de pensarlo. Era una maravillosa cama de caoba, con un soberbio cobertor de brocado de seda color verde olivo, y había tirados sobre ella media docena de almohadones de la misma tela y color. Ella se retorció en sus brazos.

— No podemos. La vamos a empapar.

Paul sonrió, se volvió y cayó sobre la cama de manera muy parecida a como ella lo hecho caer en la piscina anteriormente.

—¿Y qué importa? —dijo él, inclinando la cabeza y acurrucándose contra un costado de su cuello, lo que produjo en ella un estimulante gemido.

A Carmen le encantaba sentir su boca sobre la de ella, la largura de ese cuerpo contra el que ella descansaba. Era tan grande, tan duro. Ella se sentó a horcajadas sobre la cintura de Paul. Él la miró con expresión interrogante, y habría hablado si no hubiera sido porque ella le tapó la boca con la mano.

—Quiero tocarte. Por todos lados.

Él asintió, alzó los brazos y los cruzó detrás de su cabeza, mientras ella respiraba agitadamente, un poco sin saber qué hacer ante tanta evidente masculinidad. Los músculos de sus bíceps y tríceps estaban abultados. Sus pectorales eran firmes, desarrollados, creando un pequeño valle en el medio de su pecho. Ella puso allí las manos y el latido de su corazón le penetró la palma de las manos. Le pasó las manos por todo el pecho, a través de la delicada línea de pelo rubio, hasta sus tetillas. Estas se endurecieron debajo de sus dedos cuando ella las rozó con la uñas, provocando en él un gemido de placer y haciendo que la parte baja del cuerpo de Paul se moviera debajo del suyo, alzándose hacia arriba.

—Relájate —lo instó ella, y entonces se dobló y le pasó la lengua por las tetillas, primero una y después la otra.

Debajo de ella, el cuerpo de él se puso tenso y sus caderas se movieron hacia arriba, pero ella no le dio respiro. Se sentó de nuevo, le pasó las manos por la sensible piel de las axilas. Entonces, él se retorció y estiró los brazos para detener las manos de Carmen.

—¿Tienes cosquillas?

Paul sonrió ante la expresión maliciosa del rostro de ella.

—Un hombre tiene que tener algunos secretos, querida —dijo él arrastrando las palabras, y le puso las manos sobre los muslos, frotándolos de arriba a abajo lentamente mientras ella continuaba sus exploraciones.

Rozándolo con las manos, ella llegó hasta los hombros de él, y las bajó entonces por sus brazos y hasta sus manos. Agarrándole las manos, se las puso sobre su propia cintura, y luego se las subió hasta sus senos. Las mantuvo contra ellos, haciendo que él le agarrara los firmes pechos.

—A veces es divertido descubrir secretos — dijo ella.

Carmen continuó apoyando las manos contra las de Paul mientras él le tocaba los pezones con los dedos.

—Secretos como que si esto es...

—Sabroso —terminó ella la frase por él y, con un gemido, dejó caer hacia atrás la cabeza, arqueando su cuerpo mientras él la sostenía con las manos.

Las manos de Paul temblaron de placer al tocarla, y sintió que el cuerpo le dolía. Pero lo peor era que él quería aún más. Más de sus secretos. Más de ese cuerpo desnudo ante él, ese cuerpo que se le entregaba libremente. Él le rodeó la cintura con las manos y rodaron juntos hasta que ella quedó atrapada debajo de él y el sexo excitado de Paul ejerció presión sobre la suave y redondeada carne del vientre de Carmen.

Él se dejó caer a un lado y dobló el codo para dejar descansar la cabeza sobre la mano. La miró fijamente durante un instante, y entonces alargó la mano y le masajeó nuevamente uno de sus senos con los dedos.

Carmen veía como él la observaba atentamente, y la sangre le corrió precipitadamente por las venas, dando calor a todo su cuerpo. Impregnándole de humedad los rincones más íntimos entre las piernas. Las movió, tratando de encontrar una posición que aliviara la tensión que se estaba acumulando en esa área.

Paul sonrió por encima de ella y movió la mano que le quedaba libre hasta que se detuvo en un sitio justamente debajo de su ombligo. Entonces, abrió los dedos y con toda su mano casi cubrió su vientre por entero.

—¿Me vas a decir qué otros secretos tienes? ¿Qué otras cosas... —dijo, y movió la mano aún más abajo— te gustan?

Ella apenas logró que el aliento le saliera del pecho, pero, sin saber cómo, musitó un áspero "esto", y con la mano le movió la de él hacia abajo, entre sus piernas, hasta el sitio donde se concentraron todas sus ansias. Ahí era que ella deseaba que la tocaran sus manos... sus labios.

Carmen tembló cuando en ese momento él cumplió parte de su petición, frotando su dedo pulgar contra la protuberancia oculta entre sus rizos castaño oscuros, apretándose suavemente contra ella al tiempo que inclinaba la cabeza, le tomaba el pezón en la boca y lo succionaba.

Ella lo apretaba contra sí, temblando mientras los tirones que él le daba con la boca en los senos creaban en sus piernas una insistente sensación de tirantez. Inquieta, arqueó las caderas, y él respondió deslizando el dedo dentro de ella, moviéndose en su interior hasta que aquella tirantez se intensificó, se extendió por todo su cuerpo, dejándola sin aliento y toda temblorosa.

—Paul —gimió de placer y se agarró de los hombros de él en busca de estabilidad, pues todo a su alrededor parecía disolverse.

Paul luchó contra el deseo de penetrar en las profundidades húmedas y palpitantes de ella, pero supo que estaba llegando al borde mismo de su control cuando sintió que una gota de su propia humedad se le escapaba.

—Carmen, mi amor —dijo él con voz ronca, presionando su sexo excitado contra un costado de su cadera. Cuando ella abrió rápidamente los ojos y se tropezó con la mirada de él, supo que él quería lo mismo que ella—. ¿Estás...

—No he sido una mujer fácil y estoy tomando la píldora —respondió ella temblorosa, y él se le deslizó entre las piernas, pero se detuvo.

—¿Estás segura de que es esto lo que quieres? —le preguntó, con el corazón en la boca mientras esperaba por su respuesta.

Ella sonrió con ternura, estiró la mano y le acarició la nuca.

—Nunca he estado más segura.

Lentamente, él penetró en ella, y su cuerpo lo recibió con gusto, pero no sólo en el aspecto físico. A medida que sus fluidos y su calor lo incitaban más, su suave y sentido gemido penetró el alma de Paul, lo envolvió y le hizo saber que nunca más se liberaría de ella.

Él avanzó en su interior y completó la unión de sus cuerpos; ella le pasó los brazos por los hombros y abrió los ojos. En ese momento, al ver en ellos su amor, su aceptación, él casi no pudo resistirlo.

Carmen le tomó la mandíbula con la mano y se alzó para llegar hasta sus labios. Lo besó, murmurando:

—Te amo.

Él gimió y la penetró más profundamente una y otra vez, mientras fundía su cuerpo con el de ella hasta que ambos estuvieron temblando, sus cuerpos llevados al límite, casi sin control.

—Eres mía —le dijo al oído, tan suavemente que ella no estuvo segura de haberlo escuchado. Su clímax comenzó a invadirla, dejando su cuerpo en un temblor y sus entrañas vibrando con la fuerza de aquella liberación.

Jadeando, exhaló un tembloroso suspiro al tiempo que él gemía de placer y arqueaba la espalda y llegaba a su propio clímax, uniendo en su interior su ardor con el de ella. Entonces, él repitió, con más urgencia:

—Eres mía, Carmen. En cuerpo y alma, y nunca te voy a dejar ir.

Carmen lo apretó fuertemente, acunándole la cabeza entre sus senos a medida que su respiración se calmaba. Lo besó en la cabeza, sabiendo que él aún seguía sin entender. Tal vez él no quisiera dejarla ir, pero es que ella era la que no quería irse. Ella era suya, pero de igual manera él era suyo. Y confiaba en que, con el tiempo, él se daría cuenta de eso.

CAPÍTULO NUEVE

Con la cabeza apoyada en los senos de Carmen, Paul oía el lento y acompasado latido de su corazón. Se sentía en paz, satisfecho. Abrió los ojos y disfrutó de lo que veía. El seno de ella era redondeado, firme. No demasiado grande, pero no demasiado pequeño. Sencillamente perfecto, pensó, igual que toda ella. Su pezón seguía aún duro, ligeramente enrojecido, lo que lo hizo ruborizarse, pues él sabía que eso se debía a la forma en que le había hecho el amor.

Hacer el amor, se repitió a sí mismo. Qué expresión tan maravillosa. En otras ocasiones había tenido relaciones sexuales, aunque no indiscriminadamente. Pero en esta ocasión, el hacer el amor había eclipsado cualquier otra experiencia que hubiera experimentado anteriormente. Lo había dejado saciado, tanto física como espiritualmente. Y a pesar de ese sentimiento de plenitud, aún quedaba en su interior un hambre de saborear más de ella. De tenerla junto a él constantemente.

Alzó la mano, tomó en ella su seno y, lentamente, deseoso de tocarla, le pasó el dedo de un lado al otro del pezón.

—¿Puedes quedarte? —le preguntó suavemente.

Ella le revolvió el cabello y trazó la curva de su oreja con un dedo.

—Ojalá pudiera —dijo con un suspiro.

Con un gesto de asentimiento de la cabeza, él hizo notar que entendía. Lentamente, con tristeza, alzó la cabeza y se cambió de posición para quedar al nivel de ella.

—¿Puedes quedarte un poquito más?

Carmen sonrió, acariciándole el pecho.

—Creo que tenemos un poco más de tiempo antes de que mis padres llamen al ejército para encontrarme.

Paul se rió por lo bajo, pero no culpó a los padres de Carmen. Si él tuviera un tesoro como ella en casa, también le gustaría tenerlo a buen seguro. Acercando sus labios a los de ella, los apretó contra su boca como quien quiere saberlo todo de ellos. La curva arqueada de su labio superior. El labio inferior, abultado y tentador. El aliento suave y refrescante que exhalaba en los labios de él una promesa de amor.

—Paul —suspiró Carmen, correspondiendo con su boca a la exploración que él hacía con la suya y sintiendo una extraña intimidad en el encuentro de sus labios. Ella se dio cuenta de que era una intimidad tan intensa como la del amor de él por ella. Él le estaba haciendo el amor con los labios, con la boca, con la lengua, sin tocarle ninguna otra parte de su cuerpo.

El aliento de ella se mezclaba con el de él y se hacía cada vez más irregular, más interrumpido, a medida que él le apretaba la boca, dándole morditas con la suya en su labio inferior. Y luego lo suavizaba pasándole ligeramente la lengua.

Ella estaba toda caliente en su interior, cerrada, vacía de él, hasta que su lengua le llenó la boca, imitando la forma en que habían hecho el amor anteriormente; las lenguas de ambos se enlazaron entre sí mientras ella le tomaba la cabeza entre las manos para mantenerlo más cerca, aunque eso no era suficiente para ella, que quería aún más de él.

Sentía un vacío insoportable entre las piernas y deseaba que se introdujera allí toda la potencia de su enorme cuerpo. Carmen le rogó:

—Por favor, mi amor.

Él gimió de placer y la penetró, y ella, de inmediato, se vino, uniendo su aliento al de él a medida que su orgasmo la estremecía por entero. Un instante después, él dejó escapar un grito ahogado contra los labios de ella al tiempo que culminaban su unión.

Carmen vaciló ante la puerta de su casa, mordiéndose el labio inferior. Le lanzó una incómoda mirada a Paul, que esperaba en el auto. No se iba a marchar hasta que ella estuviera dentro de la seguridad de su hogar. Era todo un caballero. Pero ella no sabía si estaría más segura dentro o fuera.

No era tarde, no más de las diez. Pero si sus padres estaban levantados, es decir, si su madre estaba levantada, Carmen no iba a poder escabullirse hasta su dormitorio sin conversar un poco con ella. Y no estaba segura de que pudiera soportar ni el más sencillo "¿Cómo estás?". Por lo menos, no mientras su cuerpo estuviera aún vibrante después de la íntima relación con él. No mientras sintiera el aura de amor que estaba segura de que todo el mundo podría ver.

Aspirando hondo para tomar fuerzas, y luego de echarle otra mirada a Paul, se despidió de él con la mano y entró, cerrando la puerta tras ella. Su madre estaba sentada en el sofá, leyendo el último número de Vanidades.

—¿Carmencita? —dijo su madre en voz alta y miró por encima de sus espejuelos para leer, de cristales cortados a la mitad.

Carmen se alisó los pantalones cortos, fingió una sonrisa y fue hacia ella.

—Hola, mami.

Le dio un beso a su madre en la mejilla y trató de seguir hacia su dormitorio, pero no cabía duda de que su madre tenía otros planes.

—¿La pasaste bien, mi'jita? —le preguntó, dando una palmadita sobre la parte del sofá vacía que estaba a su lado.

Carmen la complació, dejó caer junto al sofá la bolsa donde tenía los libros y se sentó junto a su madre.

—Sí, cómo no. Pude adelantar muchísimo en los estudios y...

—Yo estaré vieja, pero me parece que puedo ver qué clase de estudio hiciste —la interrumpió su madre, aunque casi no se notaba un tono de censura en su voz—. Ay, mi'jita. ¿Por qué con él?

Carmen evitó la mirada de su madre y jugueteó con el dobladillo de sus pantalones.

—Mami, yo no sé qué quieres decir.

—Mírame, Carmen. —Aunque lo dijo de manera agradable, aquello era de todos modos una orden. Carmen levantó el rostro, se volvió hacia ella y miró de frente a su madre.

—No sé qué quieres decir, mami.

—Ay, esto es peor de lo que yo pensaba. Tú quieres a ese hombre, ¿verdad?

Carmen se frotó la cara, preguntándose qué podría tener en ella que lo hacía todo tan claro, y respondió finalmente:

—Lo amo, Mami. Nunca antes me he sentido así.

Su madre chasqueó la lengua, sacudió la cabeza y dijo:

—Él no es uno de los nuestros.

—Julio Rivera era "uno de los nuestros", pero a ti tampoco te gustaba —dijo Carmen enfáticamente.

—No era lo bastante bueno para ti —replicó su madre enfáticamente, agitando el dedo en la cara de Carmen—. Y este hombre tampoco lo es.

Soltando un suspiro de exasperación, Carmen replicó:

—¿Igual que Connie no era lo bastante buena para Víctor? Nosotros no le gustábamos a su mamá, aunque ella era "una de los nuestros".

Su madre resolló y trató de encontrar una respuesta, moviendo las manos en el aire como si pudiera sacar de allí las palabras. Por fin, dijo:

—Si él te respetara, no habría... —Se detuvo nuevamente, agitando aún más las manos.

Carmen la ayudó.

—Hasta Santa Connie lo hizo antes de...

Con un airado gesto cortante de la mano en el aire, su madre impidió que Carmen continuara.

—Si este hombre te respetara, si tuviera buenas intenciones contigo, no tendría miedo de darnos la cara a tu papi y a mí. No te habría dejado en la puerta sencillamente y se habría marchado.

Entonces, Carmen sonrió.

—Vendrá mañana para ir a la iglesia con nosotros y cenar después. ¿Es eso suficiente? —Se levantó y dejó a su madre sentada en el sofá, segura de que ya no había nada más que pudiera decir en contra de Paul.

Paul estaba sentado sobre el duro banco de la iglesia y escuchaba la tranquilizante cantilena del cura durante la celebración de la misa. Criado en la religión episcopal, la liturgia católica le resultaba diferente y, sin embargo, parecida en varios aspectos. Aun así, había pasado tanto tiempo desde que había entrado en una iglesia por última vez, que no estaba seguro de que pudiera notar las diferencias.

Carmen estaba a su lado, murmurando en voz baja los responsos de la liturgia, cantando los salmos ligeramente desentonada. Aquí, ella se veía en calma, diferente en una forma que él nunca la había visto antes. A medida que avanzaba la misa, ella le iba indicando siempre cuándo eran los momentos de alzarse, de sentarse y de arrodillarse. Cuando el cura señaló que todos debían darse unos a otros un saludo de paz, ella abrazó y besó a sus padres, y se volvió para darle a él un casto beso en la mejilla. Pero después le agarró la mano y no la soltó en todo el resto de la misa.

Cuando se levantaron para salir, ella le dirigió una tímida sonrisa y se lo presentó al párroco cuando atravesaron la puerta de salida, siguiendo tras sus padres escaleras abajo y encaminándose hacia la Calle Ocho. Su casa estaba a sólo unas pocas calles de distancia y, mientras caminaban, ella seguía sin soltarle la mano y recostada muy junto a él.

En menos de veinte minutos, ya estaban de vuelta en casa de los padres de Carmen, y su madre pidió disculpas para irse a prepararles una sencilla merienda.

—Todavía falta un par de horas para la cena — Carmen le explicó a Paul, y también se disculpó para ir a ayudar a su mamá.

Él se quedó sentado y sintiéndose indudablemente muy incómodo, hasta que el padre de Carmen dijo gentilmente:

—Connie dice que es usted una buena persona.

Paul se sintió avergonzado, pensando que si Connie hubiera sabido lo que él había hecho ayer, esa recomendación no sería la misma.

—Es un placer trabajar con Connie. Es una dama muy brillante.

El padre lo miró estrechando los ojos al tiempo que se apoltronaba más en la silla.

—Carmen también es una dama —dijo, con un énfasis que no pasó inadvertido para Paul.

Él asintió de nuevo, entrelazando fuertemente las manos.

—Sí, señor. Claro que lo es. Usted debe estar muy orgulloso de las hijas que ha criado.

El hombre cambió de posición en la silla y se inclinó hacia adelante.

—Cuídeme a Carmen. ¿Me entiende?

Durante un instante, Paul no supo qué decir. No había duda alguna de que él la cuidaría. La cuidaba como a un tesoro, la necesitaba, la quería. Hasta podría haber ocurrido que él fuera capaz de decir la palabra "amor", pero se le seguía quedando atorada en la garganta. A pesar de todo lo que había sucedido entre los dos ayer y de todo lo que él había sentido por ella, había aún una parte de Paul que no podía decirle eso a este hombre. Era todavía algo demasiado privado y nuevo, y él deseaba saborearlo muy íntimamente. Quería compartirlo con Carmen hasta que ella también estuviera lista para gritarlo a los cuatro vientos. Hasta entonces, lo guardaría dentro de sí, lo alimentaría hasta que fuera lo bastante fuerte como para sobrevivir por sí mismo.

—Le tengo mucho cariño —respondió honestamente, y el otro hombre pareció relajarse.

—¿Sabe usted jugar al dominó? —le preguntó, señalando hacia una pequeña mesa de jugar barajas que estaba en una esquina de la habitación, encima de la cual un montón de rectángulos negros y blancos estaba tirado desordenadamente.

Paul examinó la actitud del padre y sintió que él no apreciaría la idea que tenía Paul de lo que se hacía con las fichas de dominó: ponerlas paradas en fila para poder crear una acción en cadena sobre la mesa.

—No, señor, no sé. Pero me gustaría aprender —respondió.

El hombre se incorporó, se sentó a la mesita y le dijo con un gruñido:

—Siéntese.

Paul se sentó frente a él y el padre de Carmen movió las fichas con manos endurecidas y marcadas por los largos años de duro trabajo. Son manos de obrero, orgullosas y seguras, pensó Paul. Sin embargo, eran amables, casi respetuosas al pasarle varias fichas de dominó a Paul; le explicó que él sólo debía mirar esas piezas y determinar cuáles eran las que él tenía y cómo poner las suyas sobre la mesa.

Al principio, Paul escuchó atentamente, pero poco a poco se fue distrayendo en el transcurso de la larga explicación de las combinaciones posibles. Se empeñó en enfocar su atención en la voz del padre, pero en vez de eso escuchaba el canturreo de la conversación en español que Carmen tenía con su madre en la cocina. El hombre de más edad chasqueó audiblemente los dedos para atraer la atención de Paul hacia el juego.

—¿Listo?

El padre de Carmen había abierto el juego colocando la primera ficha sobre el centro de la mesa y puso sus fichas sobre un aparatico. Había otro similar sobre la mesa, al lado del codo de Paul; él tomó la pieza de madera, larga y delgada, y deslizó sus fichas en la ranura que hacía que se mantuvieran derechas. Estudió sus piezas, pensando que la regla básica era sencilla. Todo lo que tenía que hacer era casar los puntos negros con otros iguales.

Claro, hubiera sido así de sencillo si al cabo de unas doce jugadas no se hubiera encontrado con que no tenía ninguna ficha que poner sobre la mesa.

—¿Y ahora qué hago? —le preguntó al padre.

El otro hombre refunfuñó de nuevo y apuntó con un dedo hacia la pila de fichas que estaban sobre la mesa.

—Escoja hasta que encuentre una.

Paul escogió una, luego otra, y otra más. Después de seis intentos tomó una que podía usar. Las fichas se desbordaron de su tablilla, y él hizo todo lo posible por organizar el exceso.

Carmen salió de la cocina en ese momento, seguida de su madre, ambas con las manos llenas de platos de comida. Se rió al ver el montón de fichas de dominó que Paul tenía frente a sí.

—Veo que papi te está enseñando a puro golpe.

—Ay , chico. Eso no está bien —lo regañó la madre.

El padre les refunfuñó a las dos, y Paul se alegró de no ser el único que recibía esas respuestas monosilábicas.

—Papi, vamos a empezar de nuevo y yo voy a ayudar a Paul —le advirtió Carmen, y su padre asintió, listo ya para el próximo juego.

Carmen le dio a Paul un platico lleno de todo tipos de aperitivos, trajo una silla y se sentó junto a él. Le explicó lo que eran los bocadillos. Croquetas de jamón, blanditas y calientes. Papas rellenas, bolitas de puré de papa que envolvían un relleno de carne molida bien condimentada. Calamares, cubiertos de en harina y fritos con aceite de oliva, con el saborcito de una gotas de limón por encima.

Paul tomó una pieza de los calamares.

—¿No es esto lo que llaman "squid" en inglés? —preguntó, pero disfrutó del gusto de marisco y el limón combinados.

—Sí. ¿Ya estás listo? —le preguntó ella, ofreciéndole una croqueta.

Paul mordió la barrita rebozada y la boca se le llenó del cremoso sabor a jamón del relleno.

—Mmm. ¡Qué rico está esto!

Se reclinó en la silla y observó como Carmen escogía sus fichas, pescando de entre todas las piezas de dominó que estaban regadas encima de la mesa. Ella miró las fichas y se inclinó hacia él para explicarle cuál era su plan. Él la escuchó y se sorprendió al saber que ya ella había calculado jugadas para, por lo menos, los próximos cinco o más turnos.

Frente a ellos en la mesa, el padre y la madre de Carmen estaban sentados juntos, estudiando también con detenimiento sus fichas. Entonces el padre se inclinó hacia adelante, seleccionó una ficha de la pila de reserva y de nuevo la colocó en el centro de la mesa con un sonoro chasquido.

—Odio cuando hace eso —dijo Carmen y se rió al oído de Paul, explicándole sus opciones. Él escuchó sus instrucciones, disfrutando de su agilidad mental y de su proximidad física: una poderosa combinación. Ella estaba casi en sus piernas, pero era necesario para poder estudiar juntos las fichas.

—Creo que este juego podría llegar a gustarme —le susurró él a su vez, dejándole caer una mano sobre el muslo.

—Pórtate bien —le advirtió ella, y lo pellizcó por encima del cinturón de los pantalones.

Paul asintió, colocó la ficha sobre la que ambos habían decidido y puso toda su atención en el juego. Escuchó a Carmen mientras ella decidía qué había que hacer, y se dio cuenta de que la estrategia podía llegar a ser bastante complicada. También se dio cuenta de cuán fanática del juego era la familia.

Club de ENCANTO Romances
Zebra Home Subscription Service, Inc.
120 Brighton Road
P.O. Box 5214
Clifton, NJ 07015-5214

Send In This
FREE BOOK Certificate
Today to Receive Your
4 FREE Encanto Romances!

¡SÍ! Por favor envíenme las **4 Novelas de Encanto GRATUITAS** (solamente pagaré $1.50 para ayudar a cubrir los costos de manejo y envío). Estoy de acuerdo de que — a menos que me comunique con ustedes después de recibir mi envío gratuito— recibiré 4 Novelas de Encanto nuevas cada dos meses. Como socia preferida, pagaré tan sólo $17.95 (más $1.50 por manejo y envío) por cada envío de 4 novelas — un ahorro de más de $6.00 sobre el precio de portada. Entiendo que podré devolver cualquier envío dentro de los 10 días de haberlo recibido (y ustedes acreditarán el precio de venta), y que podré cancelar la suscripción en cualquier momento.

YES! Please send me my 4 FREE Encanto Romances (I'll pay just $1.50 to help pay for some of the shipping and handling costs). I agree that if you do not hear from me after I receive my free shipment, I will receive 4 brand-new Encanto Romances every other month. As a preferred member I'll be billed just $17.95 (plus $1.50 S&H) for all 4 books — that's a savings of over $6.00 off the publisher's price. I understand that I may return any shipment within 10 days for full credit and that I may cancel this arrangement at any time with no questions asked.

Nombre/Name _____

Dirección/Address _____ Apt. _____

Dirección/Address _____

Ciudad/City _____ Estado/State _____ Código postal/Zip _____

Teléfono/Telephone ( ) _____

Opciones de pago (indique sólo una—podrá cambiar su preferencia en el futuro) /Payment Options (check one only–you may change your choice later)

☐ Carguen cada envío que decido conservar a mi tarjeta de crédito /Bill each shipment to my credit card. ☐ Visa ☐ MasterCard

No. de cuenta/Account Number _____

Firma/Signature _____ Fecha de exp./Expiration Date _____

(Si tiene menos de 18 años, necesitamos la firma de su padre, madre o guardián / If under 18, parent or guardian must sign.)

☐ Factúrenme por cada envío / Bill me for each shipment

Todos los pedidos son sujetos a la aceptación de Zebra Home Subscription Service/All orders subject to acceptance by Zebra Home Subscription Service.

EN020A

Al final, él y Carmen ganaron, y el padre movió la cabeza de un lado al otro y aceptó las condolencias de su esposa y el burlón regocijo de su hija por haberle ganado.

—Desde que es una jovencita me ha estado ganando —admitió, con todo su orgullo de padre superando cualquier queja personal.

Carmen se levantó, caminó hacia él y le dio un beso en la mejilla.

—Tuve un buen maestro, papi. Tú eres el mejor de todos —le dijo en broma, y al padre se le iluminó el rostro de felicidad, abrazándola muy fuertemente antes de dejarla ir para comenzar a preparar las fichas para el próximo juego.

Paul no tuvo necesidad de jugar, pues Connie y su esposo entraron en el momento en que el padre golpeó sobre la mesa con la primera ficha. Todos protestaron diciendo que ya era hora de cenar, con lo que el hombre se encogió de hombros y se levantó.

Al pasarle por el lado a Paul, lo sorprendió al darle un cálida palmada en el espalda.

—Paul, ¿no es así?

—Sí, ¿señor González?

—No, dígame Roberto, por favor —le respondió e hizo un gesto invitando a Paul a que avanzara delante de él hacia el comedor—. Recuerda esto, Paul. Nunca vas a ganar, así que ni trates, porque vas a sufrir una desilusión.

Paul le sonrió a Roberto, aceptando un lugar en la mesa junto a él y Víctor, frente a Carmen.

—Voy a intentar recordarlo.

Se sentó y esperó a que sirvieran la comida, sin saber qué irían a poner sobre la mesa, aunque, indudablemente, sin esperar el sencillo estilo de comida estadounidense de carne asada, puré de papas, y una ensalada de lechuga y tomate. Pero se sintió complacido cuando Carmen colocó también sobre la mesa un plato de plátanos maduros fritos, pues habían llegado a gustarle.

La cena podría haber parecido típicamente estadounidense mirándola desde afuera, pero Paul descubrió enseguida que el asado tenía un sabor muy especial. Las papas tenían mantequilla, lo que hacía resaltar el sabor de la carne. Y los platanitos... estaban tan dulces y deliciosos como siempre.

Mientras comía, Paul escuchaba la conversación que tenía lugar a su alrededor, ofreciendo de vez en cuando sus comentarios como si él fuera un miembro más de la familia. El amor que había experimentado, el sentido de ser parte de algo que lo había sobrecogido en la Navidad, todavía hoy estaba presente. No había sido una aberración provocada por la alegría navideña. Era algo de todos los días que sucedía con Carmen y su familia.

Cuando terminaron de comer, él se unió a Connie, Víctor y Carmen mientras se ocupaban de la limpieza de platos y enviaban a los González a que dieran un paseo solos. Los padres sonrieron y aceptaron el ofrecimiento, pero él no dejó de notar la mirada amorosa que intercambiaron al salir por la puerta, ni el abrazo que ponía de manifiesto los años de armonía.

Esto le dio envidia, pues él quería poder sentir lo mismo algún día. Que algún día él pudiera tomar a Carmen de la mano y salir con ella a dar un paseo por el barrio mientras sus hijos se ocupaban de la limpieza. Paul la miró y en ese momento ella se dio vuelta, como si supiera que él la estaba mirando, y sonrió.

Paul le devolvió la sonrisa, caminó hasta ella y la abrazó fuertemente. Ella le echó una mirada interrogante, confundida por la súbita expresión de afecto, pero lo único que él hizo fue encogerse hombros, tomar una toallita de secar platos y comenzar a secarlos, como cualquier otro miembro de la familia.

CAPÍTULO DIEZ

Paul se quedó de pie ante la puerta sin luces. Había querido sorprenderla viniendo hasta acá. Ahora parecía como si el sorprendido fuera a ser él, ya que, contrario a lo que Carmen había dicho anteriormente, ni ella ni sus padres estaban en casa.

Estaba a punto de tocar a la puerta una vez más, pero se detuvo justo antes de hacerlo. No cabía duda de que Carmen no estaba en la casa y él no tenía derecho a enojarse por eso. Ella era una mujer hecha y derecha, con todo el derecho del mundo para decidir qué hacer cuando él no estaba cerca, e inclusive hasta cuando él estaba. Después de todo, ninguno de los dos podía reclamarle nada al otro. La forma tan maravillosa en que habían hecho el amor dos semanas antes no había creado lazos entre ellos. *Mentiroso*, le gritó su voz interior. Ella tenía el corazón de él en sus manos, y él estaba seguro de que ella sentía lo mismo. Después de todo, ella lo había llamado "amor mío".

Así que, ¿qué importaba que no estuviera en casa, como había dicho que estaría?, se dijo a sí mismo, y se alejó de la puerta para bajar los contados escalones de la entrada.

Ya había llegado al escalón inferior cuando oyó que se abría la puerta detrás de él.

—¿Paul? —preguntó ella dulcemente.

Sonriendo, él se volvió y le dio la cara, subiendo otra vez los dos escalones. Carmen abrió la puerta y lo dejó entrar a la casa.

Adentro estaba oscuro, a no ser por la poca luz que salía del aparato de televisión.

—No te esperaba —dijo ella a modo de explicación.

Paul se dio cuenta de que ella se había vestido para estar cómoda. Tenía puestos unos pantalones cortos de lana que apenas se sostenían en sus caderas, y una camiseta playera amplia y recortada, con el logo de la Universidad de Miami desteñido luego de numerosas lavadas, colgaba de sus hombros, dejando uno de estos al desnudo. Tenía el cabello despeinado y no llevaba maquillaje. Las uñas de los dedos de los pies descalzos estaban pintadas de un rosado brillante, y ella cruzó un pie por encima del otro, evidentemente cohibida. No parecía tener más de quince o dieciséis años, y se veía absolutamente avergonzada.

—Estaba mirando una película.

Paul se acercó y le pasó un dedo por el borde desnudo de la clavícula.

—Salí temprano y me imaginé que estarías en la casa. Siento haberte interrumpido.

El solo toque del dedo de él envió una poderosa oleada de deseo por todo su cuerpo que hizo que sus pezones se endurecieran, y Carmen temió que él pudiera notar su reacción. No llevaba puesto sostén debajo de la holgada playera. Cruzando los brazos por delante, cambió los pies de posición con nerviosismo y sintiéndose un poco de mal humor.

—No pensé que estarías libre esta noche, así que me puse cómoda.

Sonriendo, él le pasó la mano por todo el brazo y la bajó hasta agarrarle la mano.

—Me dejaron ir a las nueve y pensé que a lo mejor todavía estarías despierta. Tuve suerte.

Carmen se rió y le dijo en broma:

—Todavía no... y no esta noche. Mis padres están en casa —dijo, indicando con la cabeza en dirección al dormitorio de sus padres.

Paul echó una rápida mirada de reojo en esa dirección y se encogió de hombros.

—No hay problema. Lo único que yo quería era verte. Te he extrañado —admitió, atrayéndola hacia sí y envolviéndola en un abrazo.

Colocando sus brazos alrededor de la cintura de Paul, ella dejó caer la cabeza sobre su amplio pecho, sintiéndose bien de tenerlo tan cerca.

—Yo también te extrañé, mi amor.

Debajo de su cabeza, el cuerpo de él se relajó, y cuando ella lo miró, vio en su rostro una luminosa sonrisa.

—¿Te he dicho ya cómo me gusta cuando me dices eso, "mi amor"?

Alzándose en la punta de los pies, ella le dio un rápido beso en los labios.

—¿Te he dicho *yo a ti* cuánto me gusta decírtelo?

Paul se rió, le tomó la cabeza entre las manos, y besó aquella risa que se derramaba de sus labios, llevándola hasta lo profundo de su ser para aliviar el dolor que había sentido durante las dos semanas que habían estado sin verse.

—Mi amor —le dijo él con voz ronca, pero el momento fue interrumpido por el gruñido que salió de su estómago.

—¿No has comido? —le preguntó ella, pasándole una mano por la barriga.

Él asintió y ella se hizo a un lado, le tomó una mano y lo llevó hacia el sofá que estaba en la sala.

—Siéntate y te traeré algo de comer.

Paul se dejó caer en el sofá y tomó la caja en que venía la videocinta. *El club de la buena suerte.*

—Si quieres podemos terminar de ver la película.

Carmen sonrió, le quitó la caja de las manos y fue a sacar la cinta de la videocasetera.

—Es una película para mujeres.

Él la miró inquisitivamente.

—¿Una película para mujeres? ¿Quieres decir que es un tipo de película que sólo le interesa a las mujeres?

Ella se encogió de hombros.

—Algunos hombres pensarían eso.

Él asintió, se separó del respaldo del sofá y se quitó la chaqueta, tirándola sobre el brazo del sofá.

—Tal vez te sorprenderías conmigo. Tal vez me gustaría ver esta "película para mujeres" que a ti te interesa.

Carmen lo consideró por un momento y volvió a meter la cinta dentro de la videocasetera.

—Esta bien, señor Sensibilidad —le dijo en un tono de broma—. Te voy a traer un poco de comida y después tú y yo vamos a terminar de ver esta película.

—Me parece bien —aceptó él, y ella se quedó por un instante observándolo mientras él se arremangaba la camisa, dejando al aire los vellos rizados de sus brazos, decolorados por el sol. Ella recordaba como esos vellos habían rozado su cuerpo desnudo, como los músculos de esos brazos se endurecían y se ponían tensos debajo de sus manos mientras hacían el amor. Ella trató de echar a un lado estos pensamientos, sabiendo que esta noche nada podría salir de ellos, y se fue hacia la cocina para prepararle algo de comer.

Su mamá había cocinado carne asada para la cena de esa noche, así que Carmen la sacó del refrigerador y cortó unas cuantas finas tajadas que pensó que serían suficientes para hacer un sándwich para Paul. Tomó de la panera lo que quedaba de la hogaza de pan cubano de esa noche y le puso las tajadas de carne asada. Entonces cortó algunas cebollas en rebanadas muy delgadas y las esparció por encima de la carne asada. Terminó el sándwich rociándole un poco de aceite de oliva virgen y, pensando que el plato parecía un poco vacío, le puso a un lado unas cuantas hojuelas de papas fritas para completarlo.

Tomando una cerveza del refrigerador, recogió el plato y regresó a la sala, donde Paul había extendido todo su gran cuerpo a lo largo del sofá. Se había quitado la corbata, la había colocado sobre la chaqueta y se había desabotonado los botones superiores de la camisa, exponiendo de nuevo los suaves rizos de pelo de su pecho. Se sentó cuando ella entró y se corrió a un lado del sofá para darle espacio.

Ella le entregó el plato y una servilleta, y esperó a que él se pusiera el plato sobre las piernas antes de darle la cerveza, la cual colocó en la mesita de al lado del sofá.

—Esto se ve muy bien —dijo él, tomando el sándwich. Le dio una gran mordida, lanzó un gemido de puro gusto y cerró los ojos—. Y también sabe riquísimo.

Carmen se rió entre dientes y se arrellanó entre los cojines del sofá mientras él comía.

—Me alegro de que te guste.

Paul asintió, siguió comiendo y, al poco rato, ya el sándwich y las papitas habían desaparecido, y la cerveza iba por la mitad. Colocó el plato sobre la mesita de centro y se reclinó contra el brazo del sofá.

—¿Lista para ver la película? —le preguntó, recostándose y abriendo las piernas ligeramente, haciendo espacio para ella.

Ella tomó el control remoto, se acomodó en el hueco que él le dejó entre las piernas, se recostó contra su pecho, y él pasó los brazos por la cintura, atrayéndola hacia sí.

—Dime un poco de lo que ha pasado hasta ahora —le dijo suavemente al oído, mientras frotaba la nariz contra un lado de su cuello.

Carmen se estremeció e inclinó hacia un lado la cabeza.

—Compórtate —le advirtió y le hizo un resumen de lo que había sucedido en la primera mitad de la película que ya ella había visto, explicándole que era acerca de cuatro mujeres chinas que eran amigas y de sus hijas: las historias de las vidas de las madres y sus relaciones con sus hijas.

—Suena... interesante —dijo él con cierto sarcasmo, y ella estiró la mano y lo pellizcó en el brazo.

—Dijiste que ibas tratar de ver si te gustaba —le recordó, relajándose aún más contra él, disfrutando de la sensación de tener los brazos de Paul alrededor de ella, de la calidez que le producía su pecho al tocarle toda la espalda.

Él también se relajó y, a medida que iba viendo la película, la acariciaba, moviendo las manos arriba y abajo por sus brazos, que se enredaban en los de él. Le pasó las manos por la porción de estómago que dejaba al descubierto su corta camiseta.

—Párate ahí —le advirtió ella nuevamente—. Me estás distrayendo —le dijo, y esa era la verdad. Era una tortura tener sus manos y su cuerpo tan cerca de ella y, sin embargo, no poder tocarlo debido a la cercana presencia de sus padres; y la película, difícil de entender por su lenguaje y su contenido sentimental, requería que se le dedicara total atención.

Él se detuvo, le rodeó y le apretó la cintura con los brazos y le susurró al oído:

—Voy a intentarlo, mi vida, pero eres demasiado tentadora.

Ella suspiró y puso su atención en la película, y él, tal como había prometido, resistió lo que había llamado tentación, y se dedicó a ver la película también. La cinta duró cerca de una hora y media más, y cuando terminó, las lágrimas corrían por el rostro de Carmen, que apenas pudo contenerse para no comenzar a llorar a gritos delante de Paul.

Con voz tensa y áspera, Carmen se disculpó para ir al baño, pero él la agarró de la mano y la detuvo; su rostro se veía tan preocupado que ella no pudo resistir más. Metió la cabeza en el pecho de Paul y lloró sin poder contenerse, agarrada a él con las manos mientras él la envolvía con sus brazos, acunándola y tranquilizándola con caricias suaves y tiernas.

—Carmen, por favor, explícame —le pidió Paul dulcemente, tratando de entender por qué esa película la había conmovido tanto; él estaba convencido de que, después de todo, había sido una "película para mujeres", pues la cinta no había logrado emocionarlo a él en la misma forma en que había sucedido con ella.

—Fue todo —dijo llorando a mares, y sus lágrimas empaparon la camisa de Paul—. Las madres, todas ellas con sus propios problemas y emociones, deseando tantas cosas para sus hijas aquí en Estados Unidos.

En ese momento, él comenzó a ver la conexión, ese lazo universal que se reflejaba, a partir de la historia de las mujeres chinas que habían abandonado su patria, en la historia de Carmen y su madre.

—¿Qué voy a dejarle yo a mi hija, Paul? ¿Qué sabiduría, qué pedazo de mi cubanidad que ella guardará como un tesoro y luego pasará a otras generaciones? —sollozó, evidentemente alterada.

—Ay, Carmen, tú tienes tanto que dar —le aseguró él, sabiendo que si ella era con un hijo de ambos tan generosa como lo era con él, esos hijos serían, sin duda, muy dichosos. Y al darse cuenta de esto, Paul se sintió renacer en el amor de ella. Ella siempre le daría todo lo que tuviera que dar. Ella se lo daría también al hijo de ambos, y él podía imaginársela, con el vientre redondeado y esperando un hijo de él. Podía imaginarse la familia que tendría con ella, una familia repleta de ese tipo de amor que él había descubierto en este humilde hogar. Una familia en la que sus hijos estarían esperándolo con los brazos abiertos todas las noches. Una familia en la que ella estaría esperando por él, lista para aliviar sus pesares y para amarlo con todo su ser.

Él la alzó en sus brazos, besó las lágrimas que corrían por su rostro y lamió la sal que permanecía en sus labios.

—Eres tan especial, tienes tanto que ofrecerle a cualquier hombre. A cualquier niño.

—Pero hay tanto, tantas cosas...

—Tantas cosas que tú serás capaz de decirles y de enseñarles —le aseguró él, tomándole el rostro entre las manos y secando las huellas que habían dejado las lágrimas en sus ojos, ojos oscuros, casi negros de la emoción.

—Pero es tan difícil —dijo ella—. Veo a mi mami y cuánto se esfuerza por entendernos, pero queremos ser tan diferentes de ella. Más americanas...

—¿Como las muchachas chinas de la película? —Él entendió la analogía, pero al haber sido siempre estadounidense, le resultó difícil comprender el problema—. ¿Te es difícil por ser cubana en este país?

Ella se encogió de hombros y se recostó sobre su pecho.

—Cuando vinimos, me sentía fuera de lugar, incluso entre otros cubanos. Nos habíamos escapado por el Mariel y eso significaba que la gente nos miraba con cierta sospecha. Que no éramos tan buenos como aquellos cubanos que habían venido antes de nosotros, en los sesenta. Así que luchamos y, finalmente, empecé a sentir a Miami como mi hogar. Empecé a sentirme cómoda.

A pesar de las palabras de Carmen, él sentía en ella una inseguridad.

—Pero... —insinuó él, instándola a que continuara.

—Pero comencé a sentirme diferente de mami y papi. Ellos eran cubanos de verdad, distintos a mi hermana y a mí, que habíamos comenzado a adaptarnos. Incluso distintos de los padres de mis amigos cubanos que ya llevaban aquí un tiempo. Pero yo los quiero, y trato de entender y respetar sus puntos de vista, aun cuando vea que ya están pasados de moda con relación a todo lo que me rodea —admitió, mirándolo para ver si él la estaba entendiendo.

Paul asintió y le frotó el cuello.

—Yo... yo nunca tuve a mis padres cerca. Me es difícil entender como te sientes, pero mirando las cosas desde afuera, lo que veo es una familia en la que todos se quieren y se respetan. Una familia que logra mantener sus tradiciones, al mismo tiempo que permite que otros las compartan.

—Gracias —dijo ella con voz ronca. Los ojos se le llenaron de lágrimas otra vez, y él estiró la mano para secárselas pasándole el pulgar por las mejillas.

—Soy yo quien debería agradecerte por todo lo que me has dado.

Carmen se sentó, atrajo hacia ella su boca, y le dio su amor con el sencillo y reconfortante roce de sus labios, con un abrazo alrededor de sus hombros para mantenerlo cerca de ella. Paul la sostuvo, deseándola como nunca antes la había deseado, de una manera que iba más allá de lo puramente físico. Sólo sería suficiente estar con ella todos los días, durante cada momento libre. Y en ese momento, él supo qué era lo que tenía que hacer.

CAPÍTULO ONCE

Connie lo miró fijamente como si a él le hubieran salido dos cabezas.

—¿Qué tú quieres que yo...?

Paul examinó los borrosos monitores en busca de señales de sus sospechosos. De nuevo no hubo ninguna actividad, como había estado sucediendo en las últimas noches. Después de una primera semana en la que todos iban de un lado para otro, y luego de docenas de cintas de conversaciones y transacciones grabadas entre los supuestos sospechosos, todo se había tranquilizado y no había sucedido nada. Él se volvió y colocó las manos sobre el estrecho panel de trabajo que separaba los dos bancos de monitoreo en el reducido espacio de una camioneta de vigilancia.

—Quiero que me enseñes a jugar bien al dominó. Quiero poder ganarle a tu hermana.

Connie siguió mirándolo fijamente, pero ahora lo observaba estrechando los párpados, con una mirada que tenía un aire de sospecha.

—Sé que tú y Carmen están... saliendo juntos, Paul —comenzó a decir—. Pero se trata de mi hermana y yo quiero saber...

—¿Qué es lo que tengo pensado hacer? —Pensó en eso de la misma forma en que lo había hecho todas las otras noches en que se habían sentado frente a los monitores. Había aprendido muchísimo acerca de Connie en el año que llevaban trabajando juntos, y aún más en la última semana de encierro en la camioneta. Y de lo único que él no tenía duda era acerca de la responsabilidad que Connie sentía hacia su familia, y sobre todo hacia su hermana.

—Amo a tu hermana.

Connie lo examinó detenidamente. Su voz era fuerte y segura. Cuando sus miradas se encontraron, la de él no dejó ninguna duda en Connie. Paul amaba a su hermana, pero ella se preguntó si eso era suficiente. Ella sabía muy poco acerca de la familia de Paul, excepto que tenían mucho dinero y que eran, al parecer, muy fríos. Al haber tenido que enfrentar sus propios problemas con la familia de Víctor, Connie temía por su hermana.

—¿Cuáles son tus intenciones con Carmen?

Paul sonrió entre dientes.

—Pensé que este era el tipo de conversación que se suponía que yo tuviera con tu padre, no contigo.

Una ola de rubor le subió por el rostro y le cubrió las mejillas, pero Connie tenía la esperanza de que él no pudiera verla bajo la pobre luz que salía de los monitores.

—Puedes considerar eso cuando llegue el momento preciso. Pero por ahora, ¿cuáles son tus planes?

—Pienso casarme con ella —le respondió él sin vacilar en absoluto, lo que hizo que Connie diera un entrecortado suspiro.

—¿Lo has hablado con ella? —le preguntó Connie.

Paul sacudió negativamente la cabeza.

—No, aunque pienso hacerlo cuando llegue el momento adecuado. Pero por ahora, me gustaría poder ganarle en el dominó. ¿Me vas a enseñar?

Un automóvil se detuvo y Connie ajustó el contraste del monitor para poder verlo mejor. Sólo eran los vecinos, y volvió a dedicarle toda su atención a Paul.

—Si, te voy a enseñar, pero recuerda que...

—Que tienes una pistola y que sabes usarla —le terminó él la frase, con lo que ambos se echaron a reír.

Caminó por el corto espacio de la acera y buscó por la calle. No había indicios del padre de Carmen, y Paul se preguntó si Roberto se había olvidado o si, peor aún, había decidido no venir.

Paul subió los escalones del restaurante y pasó frente a la gran rueda de carreta que era parte de la cursi fachada. El nombre del restaurante aparecía deletreado en caracteres que semejaban cañas de azúcar: La Carreta. La rueda y la forma del restaurante imitaban la forma de una carreta, el carromato que se usa en Cuba para cargar la cosecha de la caña de azúcar. Carmen se lo había explicado una noche cuando pasaron por allí para comer algo.

Bueno, pensó Paul, parecía que él no iba a comer nada hoy. Bajó los escalones y estaba a punto de subir a su auto cuando el del padre de Carmen aparcó al lado del suyo. Paul dio un suspiro de alivio y se acercó para saludar al otro hombre.

—Roberto, me alegro de que pudiera venir —le dijo, y le estrechó la mano.

—Siento haber llegado tarde. Tuve que hacer algunos mandados para Rosa antes de venir.

Roberto subió los escalones del restaurante y, una vez dentro, una mesera le dio una cálida bienvenida.

—Mi cielito, ¿cómo estás?

Roberto se sonrojó.

—Por favor, Luisa. El novio de mi hija le va a decir a Rosa cómo flirteas conmigo.

La mesera miró a Paul de arriba a abajo y alzó las cejas.

—¿Es el novio de Carmencita?

Roberto asintió y le presentó a Paul a la mujer. Paul le estrechó la mano y luego ella los guió hasta una mesa apartada adosada a uno de los ventanales al frente del restaurante, que más bien era una cafetería cara. Paul hubiera preferido invitar a Roberto a otro sitio más elegante para lo que sería una conversación tan importante, pero el padre de Carmen no había querido hacer mucho aspaviento y había sugerido reunirse en un sitio cercano, ya que él tenía que irse a trabajar en unas pocas horas. Aquí la comida era buena, lo que Paul sabía por experiencia propia, así que estuvo de acuerdo.

Roberto se deslizó en un lado de la mesa y Paul en el otro. La mesera les dejó los menús y Paul revisó el suyo rápidamente, decidiéndose por uno de los platos combinados que tenían un poquito de todo. Se dio cuenta de que estaba desarrollando un gusto por todo lo cubano.

Cuando la mesera regresó, hicieron sus pedidos y entonces Roberto se recostó contra el respaldo de vinilo del cubículo.

—Hijo. Desde que me llamaste anoche, me he estado preguntando qué podría ser tan importante para que quisieras que los dos nos reuniéramos para almorzar.

—Bueno... —comenzó a decir Paul, pero Roberto alzó la mano, pidiéndole que se detuviera.

—No me tomó mucho tiempo darme cuenta, aunque debo admitir que me quedé... sorprendido. —Se inclinó hacia adelante, agarró el vaso de agua bien fría y tomó un sorbo.

—¿Por qué se quedó sorprendido? —le preguntó Paul.

—Mi hija se merece a un hombre que la cuide y la respete. Un hombre que la trate como a una dama —dijo Roberto con seriedad.

Paul experimentó un instante de cólera por el hecho de que Roberto dudara de él, pero si los papeles se hubiesen cambiado, él también se estaría sintiendo dudoso al entregar a su hija más pequeña.

—Yo la cuidaré y la respetaré. Ella es todo para mí.

Roberto asintió, puso el vaso sobre la mesa y colocó ambas manos en el borde de ésta.

—Mi esposa y yo hemos estado casados durante treinta años. En todo este tiempo, hemos tenido nuestros problemas y discusiones. Hemos tenido unas cuantas desilusiones acerca de cosas que han sucedido en nuestras vidas.

—Pero siguen amándose. Eso se ve. Y les han enseñado a sus hijas cómo amar de esa manera —

dijo, entrelazando las manos y escondiéndolas en su regazo, temeroso de que pusiera de manifiesto su nerviosismo.

Roberto se inclinó hacia él y le preguntó suavemente:

—Paul, ¿puedes tú amar a Carmencita de esa forma? ¿Puedes amarla no importa lo que suceda alrededor de ustedes? ¿Puedes tener fe en que tu amor seguirá allí treinta años después?

Paul quería responder "sí" y descartar los temores del padre, y los suyos también, pero no pudo.

—Hasta que conocí a Carmen, yo no sabía lo que era amar. No tenía una familia que me enseñara a amar.

—Lo sé —refunfuñó Roberto y se echó para atrás en el asiento del cubículo con todo el peso de su cuerpo—. Eso es lo que me preocupa, hijo. Todavía tienes tanto que aprender acerca del amor, y tal vez lo que sientes por mi hija no es lo que piensas.

La mesera llegó en ese momento con los platos, pero, de repente, la comida no le parecía apetecible. Sólo probó unas cuantas de las selecciones. No se pudo decir lo mismo de Roberto, quien se enfrascó con gusto en su plato, deteniéndose solamente para beber un poco de agua, o para tomar un pedazo del pan cubano con mantequilla. Pasaron largos minutos antes de que Roberto, finalmente, se diera cuenta de que Paul no estaba comiendo.

—¿Pasa algo?

—Mi apetito... Ya no tengo mucha hambre —le confesó, y tiró su servilleta sobre la mesa.

—No fue mi intención hacerte sentir mal, hijo —dijo el otro hombre, estirando el brazo para tomar a Paul por el hombro.

—No soy su hijo, ni su hijo político ni nada por el estilo, al menos si creo que lo que me dijo anteriormente estaba claro —replicó Paul entre dientes, sintiendo que lo invadía ese conocido sentimiento de que no valía nada.

Roberto sacudió la cabeza.

—No me entendiste, Paul. Tú eres... un buen hombre. Alguien que cree que ama a mi hija.

—Yo sí amo a su hija —le dijo con énfasis al otro hombre, mirándolo directamente a los ojos.

—¿La tratarás como a una dama? ¿Te vas a portar con ella de manera honorable? —le preguntó Roberto.

La sorpresa le cortó el aliento y sólo le permitió asentir durante uno o dos segundos. Luego, logró hablar.

—Lo invité a almorzar para poder pedirle la mano de su hija en matrimonio.

—Me alegra mucho que me hayas preguntado mi opinión, aunque en estos tiempos estoy seguro de que mis hijas pensarían que yo no tengo que entrometerme en lo que ellas hacen —respondió Roberto con un matiz de tristeza en la voz al tiempo que retiraba la mano del hombro de Paul.

Paul se acordó entonces de la conversación que había tenido con Carmen hacía poco. De su confesión de que a veces se sentía muy lejos de sus padres. A pesar de eso, como una persona que no era miembro de la familia, él podía ver claramente el amor y el respeto que Carmen y Connie sentían por sus padres.

—Sus hijas, por modernas que sean, todavía quieren tener la aprobación suya en lo que hagan.

El otro hombre se sonrió y dejó escapar una risa entrecortada y áspera.

—Son modernas, ¿verdad? Y necesitan hombres modernos. Víctor es bueno para mi Consuelo.

—¿Y yo? —preguntó Paul esperanzado.

—Creo que tú serás un buen esposo para Carmen. —Roberto le brindó la mano y Paul se la tomó y le dio un sincero apretón.

—Sería un honor para mí ser parte de su familia.

Roberto sonrió y se levantó.

—Bueno, ya es hora de irme a casa y rendirle cuentas a mi Rosa. Se enojaría muchísimo si no le hiciera saber que finalmente vamos quedarnos con el nido vacío... ¿cómo es que dicen ustedes los americanos... "empty nesters"?

Riendo, Paul le dio una palmada a Roberto en el hombro.

—Empty nesters, eso es, Roberto. Y si puedo lograrlo, Carmen y yo vamos a casarnos tan pronto como sea posible. ¿Le parece bien?

—Hijo, mientras más pronto mejor. Rosa y yo tenemos... nuestros propios planes —le respondió el padre de Carmen con una luminosa sonrisa.

CAPÍTULO DOCE

Habían transcurrido tres semanas desde la última vez que ella había pasado un tiempo largo con Paul. Él y Connie habían estado trabajando en un caso y él había tenido que hacer tareas de vigilancia en el turno de la noche. Por desgracia, con sus horas en la oficina de Víctor, ella y Paul sólo habían podido salir a comer una noche, sin mucho tiempo, y otro día habían almorzado juntos, también apurados. En ninguna de estas dos oportunidades habían podido tener privacidad alguna, ni intimidad, ni él había podido llegarse por casa de ella por la noche, como cuando estaba libre.

Así que esta noche —que iba a ser la primera vez en mucho tiempo en que iban a estar solos— se habían puesto de acuerdo en tener una tranquila cena en la casa de Paul. Cuando ella abrió la puerta y él la acompañó hasta la esquina donde se tomaba el desayuno, Carmen no estaba muy segura de qué idea tendría Paul de "una noche tranquila en casa". Las luces estaban bajas, había velas encendidas en varias partes de la habitación: en el aparador y en la pequeña mesa de comer. Paul había corrido las cortinas para que no se viera nada desde fuera y para que los dos quedaran encerrados en el reducido mundo que él había creado.

La mesa estaba puesta para una cena sin formalismos, con dos sillas de respaldo alto colocadas perpendiculares una a la otra, a un lado y en la cabecera de la mesa. Junto a uno de los puestos había un plato con sándwiches cubanos y otro con una variedad de aperitivos: queso, enrolladitos de salchicha y rollitos chinos en miniatura. Las ofertas de la cena se completaban con una botella de vino y copas.

Lo que a ella le pareció extraño fue que, esparcido en frente a los dos servicios de cubiertos, había un juego de dominó.

—No entiendo... —Ella se volvió y lo miró de frente mientras él estaba parado a su lado con las manos en los bolsillos y una sonrisa burlona en el rostro.

—Pues bien, querida. He estado pensando muchísimo en esto durante las últimas tres semanas. —Él separó la silla de la cabeza de la mesa y se la ofreció para que ella se sentara.

Carmen aceptó medio vacilante, pero preguntó:

—¿De verdad?

Él se sentó en la silla que estaba colocada en diagonal a la de ella, tomó la botella de vino y le sirvió una copa.

—Me pareció que lo que existe entre nosotros no es sólo una unión de nuestras respectivas mentes y cuerpos —comenzó a decir él con un rápido guiño de los ojos—, sino también una unión de nuestras dos culturas.

Carmen asintió, observándolo mientras él se servía una copa de vino.

—Esa parece una sabia observación.

—Pues, gracias —replicó él, y con un gesto exagerado de cortesía le ofreció que tomara algunos de los aperitivos—. Tú me has enseñado acerca de la cocina cubana y el dominó, y yo pensé que podría contribuir a eso ofreciendo una ligera variación de los dos.

Ella examinó el plato, tomó un rollito chino y se lo metió en la boca.

—Dicen que la variedad es la sal de la vida, y me doy cuenta de que tu pequeña contribución a la parte de la comida consistió en asaltar la sección de comidas congeladas del supermercado. Pero, ¿cuál es tu adaptación del dominó? —le preguntó, tomando un trocito de queso y apuntando con él hacia las fichas de juego que estaban sobre la mesa.

—Dominó al desnudo —dijo él sin vacilar.

Carmen se atoró con el queso que había acabado de morder, tomó su copa de vino y bebió un sorbo para poder tragar la comida.

—¿Al desnudo? —dijo con una especie de graznido cuando pudo hablar.

Él sonrió, estiró los brazos hacia adelante y revolvió las fichas de dominó de la misma forma en que ella le había enseñado tres semanas atrás.

—¿Es que tienes alguna objeción a mezclar nuestras dos culturas de esa manera? —dijo él, alzando las cejas en desafío, provocándola.

Ella le miraba las manos mientras movían con aparente experiencia las fichas y comenzaban a separar los grupos que le tocaban a cada uno de los dos para que pudieran comenzar el juego.

—¿Por qué será que tengo la impresión de que me estás timando?

Paul hizo una mueca burlona, pareciéndose entonces un poco a Robert Redford en la película *El golpe.*

—¿Tienes miedo?

Él sabía que la había tocado donde más le dolía. Era un desafío que no podía rechazar, y que tampoco esperaba perder. Ella era excepcionalmente buena jugando dominó, pues había estado jugándolo desde que era pequeña.

—Empieza tú —fue lo que ella respondió, y tomó las fichas que él le había separado para su primera jugada—. Una prenda de ropa por cada juego que uno de los dos gane.

Él asintió, agarró sus propias fichas y las viró para mirarlas, sin dejar que ella las viera. Entonces estiró la mano, seleccionó una ficha de dominó y la colocó en el medio de la mesa para comenzar el juego.

Carmen se fijó en la ficha y comenzó a organizar las suyas en el orden de movimientos posibles. Puso una ficha y esperó a que Paul hiciera la próxima jugada.

Él la pensó durante unos segundos, colocó su ficha sobre la mesa y le ofreció más comida.

Hambrienta, y no sólo de comida, ella tomó diferentes bocadillos, los puso sobre su plato y regresó para revisar sus piezas y compararlas con la que Paul había escogido en su jugada. Seleccionó su próxima ficha, la colocó y se comió unos cuantos aperitivos.

Continuaron jugando y comiendo, tomando fichas de la pila que se había dejado a un lado para cuando ninguno de los dos pudiera hacer una jugada. A Carmen sólo le quedaba una ficha, y estaba sonriendo y preparándose para ganar, cuando Paul la sorprendió con una jugada que impidió la de ella, obligándola a "comer" de la pila de fichas de reserva. Demoró cinco jugadas en poder colocar una ficha, lo que la puso detrás de Paul. Ahora a él sólo le quedaban dos fichas para poder ganar.

Paul no estaba muy seguro de qué era lo que debía hacer a continuación. Siguió pensando en eso mientras bebía un trago del vino. Pensó en eso al tiempo que tomaba el último pedazo de aperitivo. A pesar de eso, seguía sin tener la menor idea de lo que debía hacer. Por fin, decidió en su mente tirarlo a la suerte y puso una al azar sobre la mesa.

Ella refunfuñó, se puso la cabeza entre la manos y luego alcanzó otra ficha de la pila de reserva.

—Tú has estado practicando.

—Bueno, tres semanas en el turno de noche te da mucho tiempo libre —admitió él, sin querer confesarle que la última jugada había sido pura suerte.

Ella le clavó una mirada enfurecida.

—Voy a matar a Connie cuando me la encuentre. —Colocó otra pieza y Paul sonrió al colocar su ficha, la última y ganadora.

—Lo siento. Una prenda de ropa —dijo él en tono presumido y cruzó los brazos sobre el pecho para observar.

Carmen le sonrió y zafó la correa de su reloj de pulsera.

—Una prenda, la que yo escoja —replicó, echando a un lado el reloj.

Él sacudió la cabeza en gesto negativo.

—Eso no sirve. Dijimos una prenda *de ropa*. Un reloj de pulsera es un accesorio.

—Descarado —afirmó ella—. Solamente un abogado llegaría a tanta minucia técnica.

—Claro, eso es lo que yo soy. El primero de mi clase en la universidad de Georgetown. Veamos, ¿qué prenda va a ser? —Se inclinó hacia adelante y se frotó las manos, pero Carmen no se iba a dar por vencida con tanta facilidad.

Asomó los pies por debajo de la mesa y se sacó los zapatos deportivos.

—Los zapatos son ropa. Lo siento, chico. Quizás la próxima.

Paul gruñó y dejó caer la cabeza entre las manos mientras Carmen ponía todas las fichas boca abajo nuevamente, las revolvía y separaba un grupo para cada uno. Comenzaron a jugar otra vez y Carmen hizo todo lo posible por ganar. Al final del juego, ella había ganado, y Paul había tenido que quitarse los zapatos.

Siguieron jugando y ganando unas veces uno y otras veces otro durante media hora más, hasta que ambos se quedaron sin zapatos ni medias y tuvieron que recurrir a prendas de ropa de verdad.

Carmen perdió el próximo juego y Paul le dedicó una burlona sonrisa.

—Entonces, ¿va a ser la blusa o los pantalones?

—Pareces un adolescente —comentó ella, llevándose la mano por debajo de la blusa. A los pocos segundos, tiró su sostén sobre la mesa del comedor.

Paul tragó en seco al ver el rosado trocito de ropa interior, pequeñito y de encaje, y la regañó.

—¿Cómo es que las mujeres pueden hacer eso tan fácilmente?

Carmen le lanzó una sonrisa burlona y preparó las fichas del próximo juego.

—De la misma forma en que ustedes, mucha-
chones, se las arreglan para zafarlos con una sola
mano.

A Paul el rostro se le acaloró, tanto por la prenda
de ropa interior que estaba a sólo pulgadas de él
como por lo que ella había dicho. Cuando estaba
estudiando en el internado, un compañero le había
enseñado cómo hacerlo antes de su primera cita
amorosa seria, con una chica conocida por, digá-
moslo así, sus costumbres bastante liberales. Él se lo
había zafado, pero no pudo hacer mucho más cuando
ella le propinó una bofetada por ser tan fresco.

—El próximo juego lo gano yo —la amenazó.

Carmen revisó las fichas de dominó que tenía en
la mano y sonrió confiadamente:

—Ni lo sueñes.

Pero de todos modos, él soñaba. En sus fantasías
mientras seguían jugando, ya a ella no le quedaba
ninguna ropa puesta y esta idea hizo que se excitara
sexualmente aún más, lo cual fue parte de la distracción que provocó que perdiera el último juego.
Respiró hondo, tratando de fortalecerse para poder
ganar el próximo. Pero perdió enseguida. Ella había
logrado cerrar el juego en ambos lados usando todas
las combinaciones de dominó disponibles. Paul se
había quedado con un montón de fichas, de modo
que su puntaje más alto lo convirtió en perdedor.

La observó mientras ella se recostaba hacia atrás,
entrelazaba los dedos y se ponía las manos sobre el
estómago.

—Vamos a ver. Me gustaría ver cómo te sacas los
calzoncillos sin quitarte nada más.

A pesar de sus palabras de bravuconería, un rubor
invadió sus mejillas y el aliento se le entrecortó. Él
sonrió, complacido de no ser el único que se sentía
afectado por el jueguito. No dudó ni por un momento
de cómo podía inquietarla un poco más.

Él se incorporó, agarró el broche de su pantalones
cortos y lo desabrochó. Lentamente, se bajó la
cremallera y se los abrió.

—No traigo calzoncillos —le dijo, se sacó los pantalones cortos de un solo golpe y los tiró sobre la mesa.

Carmen se quedó sin aliento. La separación de tres semanas no había logrado reducir el hambre que sentía por él. Y ahora, aquí estaba él, totalmente excitado, su sexo a sólo más o menos un pie de ella, y listo. Estaba en medio de una maraña de rizos rubios más oscuros, y erguido en toda su gloria. Desde este día en adelante, pensó ella, nunca volvería a creer que los rubios eran aburridos. Tragó en seco, apartó la vista de esa imagen y con manos temblorosas revolvió las fichas del dominó.

Cuando hubo repartido el próximo juego, ya él se había sentado y su rostro mostraba nuevamente su burlona sonrisa. No había duda de que él había querido distraerla... y ella tuvo que admitir que lo había logrado. Pero Carmen sabía cómo combatir fuego con fuego. Inclinándose hacia atrás en la silla para estudiar sus fichas, estiró las piernas y le tocó sus desnudas pantorrillas. Levantó los pies y los llevó arriba hasta ponerlos a descansar en el borde de la silla de él, entre sus piernas. Aunque las plantas de sus pies apenas rozaban su miembro erecto, el calor que salía de ahí la calentaba, comenzaba a incendiarla por dentro, con lo que su estrategia le falló. Ahora estaba aún más distraída.

—Ay, Carmen —dijo él, casi en un gemido.

—¿Sí, pasa algo? No te molesta eso, ¿verdad? —le preguntó, aunque ella estaba sintiéndose tan afectada como él.

Paul se mordió el labio, negándose a darle ventaja.

—No, mi amor. Claro que no.

Él estudió sus fichas, pero sólo vio un borrón de puntos negros mientras ella movía un pie y lo rozaba con él una vez más.

Ella colocó su primera ficha y él estrechó los párpados, obligándose a concentrarse en el juego. Debió haber funcionado, porque media hora después, él ganó.

Carmen se incorporó con total seguridad, se zafó y se bajó los pantalones cortos, dejando al aire sus largas y juguetonas piernas, y otro trocito de encaje rosado que combinaba con el sostén que estaba sobre la mesa.

—Lo siento, pero para esto, vas a tener que seguir ganando.

Y él lo hizo, motivado por el deseo. Ella perdió su ropa interior, pero después él perdió la camisa, y ahora estaba sentado en su elegante silla de respaldo alto de seda, totalmente desnudo.

—Parece como que he ganado —dijo ella tratando de retomar su compostura y sentándose derecha en su silla con una sonrisa complacida.

—Bueno, según mis cálculos, yo te llevo unos cuantos juegos de ventaja. Tú tenías puesta más ropa que yo —le recordó Paul y vio como a ella se le bajaban los humos.

—Odio cuando tienes razón. Pero, si yo gano el próximo juego, ¿reconocerás la derrota?

—Claro que sí —respondió él, aunque no tenía intención alguna de perder.

Jugó duro y sin piedad y Carmen pasó trabajo para ganarle. A veces algunas de sus jugadas no tenían sentido, destruyendo cualquier plan que ella hubiera ideado para esas fichas. Al final, él colocó una serie de fichas que la dejaron sin saber qué hacer y tomando ficha tras ficha de la pila de reserva. Unas cuantas jugadas después, él colocó su última pieza y dijo con maliciosa satisfacción:

—Bueno. Me imagino que aquí se acabó la cosa.

Carmen se quitó la blusa y enderezó los hombros con toda la dignidad que pudo reunir.

—Una más, y el ganador se lo lleva todo —dijo ella—. Pero con algunas reglas nuevas.

Paul vaciló, pero luego asintió.

—¿Y cuáles son estas reglas?

Eran reglas que ella había acabado de inventar y que tenían el propósito de volverlo loco.

—Digamos que ésta es una variación del juego. Si no puedes seguir haciendo jugadas y necesitas, por ejemplo, una combinación de dos-seis, me puedes pedir esa ficha. Si yo la tengo, puedo decidir lo que te voy a pedir a cambio.

Paul sonrió y asintió de nuevo, moviendo hacia arriba y hacia abajo la cabeza como uno de esos muñecos que la gente pone en la parte de atrás de sus automóviles.

—Me gusta la idea. Entonces, si tú necesitas un dos-seis y yo lo tengo, yo podría pedirte, digamos, un beso de lengua muy largo.

—Sí. Uno así como éste. —Carmen acercó su silla solamente una pulgada más, se inclinó hacia adelante y le puso la mano sobre su muslo desnudo. Bajo la palma de su mano, los músculos de Paul se hincharon, y ella sonrió. Doblándose para acercarse más, se aseguró de que su seno rozara ligeramente la recia pared del pecho de él antes de darle el largo, mojado, ardiente beso que ella esperaba que fuera lo que él tenía en mente. Cuando se separó, Paul tenía los párpados caídos, y sus ojos se ensombrecieron de deseo. De nuevo, movió la cabeza de arriba a abajo.

—Está bien. Un juego más. El ganador se lo lleva todo.

Ella viró todas las fichas, las revolvió y separó un grupo para cada uno. Después, seleccionó la primera ficha y con un gesto le indicó a Paul que comenzara.

Paul lo pensó durante un instante y luego colocó su ficha. Ella le respondió y el juego comenzó a desarrollarse. Más o menos a los quince minutos de estar jugando, se hizo evidente que ambos tenían serias intenciones de ganar. Tan serias que cada uno cometió un error que los forzó a compartir por igual todas las fichas de la pila de reserva.

Carmen consideró ansiosamente que era en este momento cuando su pequeña variación del dominó entraría en juego. Era ahora cuando la cosa se iba a poner buena. Organizó sus fichas e hizo un gesto hacia las fichas de él.

—Te toca a ti ahora.

—Necesito un nueve-dos.

Inclinándose hacia atrás en su silla, ella respondió sin siquiera mirar sus fichas.

—Yo lo tengo. Pero para tenerlo, vas a tener que vértelas con ciertas partes de mi cuerpo —dijo ella, mirando sutilmente hacia sus senos erguidos—. Ellos se sienten... abandonados.

Al instante, Paul se arrodilló, le puso las manos en la cintura para atraerla hacia su boca, de manera que pudiera chupar y excitar sus senos. Si lo que Carmen quería era torturarlo, lo estaba haciendo bien. Pero ella también se sentía afectada, y a él le gustó oír el sonido bajo y plañidero que salió de su garganta. Cuando sus manos acercaron a su seno la cabeza de Paul, él la mordió dulcemente, y se alejó para no darle a ella demasiada ventaja.

Paul se incorporó y volvió a sentarse en su silla.

—Creo que me debes una ficha.

En ese momento, más que cualquier otra cosa, lo que Carmen quería era decir que mandara el juego al diablo y que le hiciera el amor. Sin embargo, una parte porfiada de su ser quería llevar esto a sus últimas consecuencias. Le dio la ficha que se había ganado y luego que él la colocara sobre la mesa, ella lanzó una fugaz mirada a la mesa.

—Quiero el seis-nueve.

Paul alzó las cejas en gesto de evidente sorpresa, y vaciló, miró una y otra vez a la mesa como si no estuviera seguro de dónde ella iba a colocar esa ficha. Entonces, él le pasó la pieza, ordenándole suavemente:

—Tócame.

Carmen bajó la mirada hacia su miembro excitado, estiró el brazo y, con el dedo índice, tomó la reluciente gota de líquido que se le había escapado a él y, ligeramente, rozó circularmente la punta. Él lanzó un gemido de placer y le agarró la mano.

—Por favor, Carmen. Respeta las reglas.

—Oh —dijo ella con voz ronca—. Tú quieres decir que haga esto —y lo demostró envolviéndolo con la mano, moviéndola arriba y abajo hasta que él gimió de nuevo y cerró los ojos. Ella prosiguió con su movimiento, se inclinó y besó la punta antes de depositarlo todo en su boca, lamiéndolo y chupándolo hasta que las caderas de él se alzaron contra la boca de Carmen.

—Por favor —dijo él lentamente, casi con un quejido. Sin saber cómo, se las arregló para alcanzar la ficha y la tiró sobre la mesa.

Carmen se enderezó, se levantó y se acercó a él. Le puso la piernas juntas y se sentó a horcajadas sobre él.

—¿Quieres el dos-seis? —le preguntó ella, sugiriéndole su próxima jugada; él la tomó por la cintura, pero sin responderle.

—Sabes, ganarías si me pidieras esa ficha —le explicó Carmen.

Él asintió y ella sonrió, dejándose caer sobre él, hundiéndose hasta que él quedó lo más enterrado que pudo.

—Por esa ficha, quiero montarme sobre ti —fue lo que pudo ella apenas decir.

Paul se enderezó, penetrándola más.

—Entonces, yo gano de todas formas —dijo él a través de su respiración entrecortada.

Carmen se rió con voz ronca y metió la cabeza de Paul entre sus senos mientras se movía sobre él, llevándolo a un lugar nuevo con cada movimiento de sus caderas.

—No, mi amor. Los dos ganamos —dijo, y puso la última ficha sobre la mesa.

CAPÍTULO TRECE

Carmen se acurrucó contra él y musitó un satisfecho "Mmm". Habían terminado de hacer el amor en el rincón donde se tomaba el desayuno y, con sus cuerpos satisfechos, se habían comido los sándwiches cubanos que habían dejado olvidados durante la partida de dominó. Después, Paul la había tomado en sus brazos y la había llevado a su dormitorio, donde una vez más habían vuelto a hacer el amor maravillosamente, esta vez con más tiempo.

El cuerpo de Carmen aún vibraba con la resaca del acto del amor. Entre sus piernas sentía esa insistente tirantez y esa humedad que le recordaban todo lo que había hecho. Tenía la cabeza apoyada contra el pecho de Paul, y debajo de su oreja sentía el reconfortante, lento y firme latido de su corazón. Paul la acariciaba arriba y abajo por la cintura, acercándola aún más a él mientras ella le pasaba el muslo por encima del de él, tratando de acercársele más.

—Ay, Paul, no quisiera tener que irme.

—Pues quédate. —Su voz sonaba como un profundo y vibrante rumor que recorrió el cuerpo de ella.

Carmen dobló el codo, levantó la cabeza y la dejó descansar allí. Le acarició el pecho dulcemente, pasando los dedos por los enmarañados vellos rizados y bronceados.

—Mis padres se volverían locos.

Él se acostó de lado para quedar frente a ella.

—Pues llámalos. Diles que te vas a quedar conmigo.

Preocupada, Carmen se mordió el labio al imaginarse esa llamada y todas las consecuencias que traería. Se formaría un problema que no tendría para cuando acabar.

—No creo que debo hacerlo.

Paul la miró estrechando los párpados, estudiándola.

—Puede que no reaccionen de la forma en que tú esperas que lo hagan. —Él le pasó el dedo por entre los senos, abriendo la palma de su mano como midiendo el espacio sobre su corazón—. Quédate conmigo, Carmen. Pasa la noche entre mis brazos. Despiértate junto a mí como se supone que debamos hacerlo.

Ella sacudió la cabeza una y otra vez en gesto negativo.

—Tú no entiendes.

—Yo sí entiendo, mi amor.

—Nunca me perdonarían, Paul. Ni a ti tampoco —insistió ella y puso la mano sobre la de él, apartándola. Se sentó y le dio la espalda.

Paul se incorporó apoyándose en un brazo y recostó el pecho sobre la espalda de Carmen a medida que le hablaba en voz baja, casi susurrándole las palabras al oído.

—Va a llegar el momento en que vas a tener que decidir que tú y yo... Nosotros estamos destinados a estar juntos. Tú eres todo lo que yo deseaba, aun cuando ni yo mismo lo supiera. Y yo creo que tú sientes lo mismo.

Carmen sentía lo mismo. Él la llenaba de todas las formas que ella se hubiera podido imaginar. Ella extendió el brazo y le acarició el rostro.

—Tú eres mi otra mitad. Mi cuerpo conoce el tuyo como si ése hubiera sido siempre su destino. Y mi alma... No me sentiría completa sin ti —admitió.

Esbozando una sonrisa, Paul le besó el centro de la palma de la mano.

—Llámalos. Diles que estás conmigo y que estaremos allá por la mañana para ir a misa.

Ella examinó su rostro. Era abierto, honesto y la estimulaba a hacer un intento. Envolviéndose en la sábana, agarró el teléfono y marcó el número. Detrás de ella, Paul se hizo a un lado. Mientras el teléfono sonaba y sonaba, Carmen escuchó el sonido de una gaveta que se abría y se cerraba, y miró a Paul. Él había sacado algo de la gaveta y estaba ahora sentado de espaldas a la cabecera de la cama, con las almohadas apretadas descuidadamente debajo de la espalda.

Él le sonrió tranquilamente y en ese momento la madre de Carmen respondió el teléfono.

—¿Mami?

—Sí, Carmencita. ¿Qué pasa? —preguntó su madre aún medio dormida.

—Perdóname si te desperté, mami —dijo Carmen disculpándose, cerró los ojos y encogió el cuerpo, acurrucándose en sí misma, mientras se preparaba. Respiró profundamente y dijo de un tirón—: Estoy con Paul y estaré en casa por la mañana.

Hubo un prolongado silencio en la línea y luego se oyó que tapaban el auricular con la mano. En el fondo podía escuchar a su madre hablando y la voz baja y apenas audible de su padre.

—¿Mami? —dijo, dudosa de lo que podía estar sucediendo.

—¿Estarás en casa a tiempo para ir a misa? —le preguntó su madre con voz calmada, aunque emocionada.

—Sí, mami. Paul y yo estaremos allá para ir a misa. ¿Estás bien? —le preguntó, preocupada.

—Sí, cómo no. Buenas noches, mi'jita —dijo la madre, casi llorando, y colgó antes de que Carmen pudiera responder.

Carmen se quedó mirando al teléfono, escuchando el sonsonete del tono de discar.

—Tengo que irme. Hay un problema grande.

—¿Y por qué dices eso? —le preguntó Paul, cruzando los brazos sobre el pecho.

Ella se viró y las sábanas se le enredaron entre las piernas. Carmen se desembarazó de ellas rápidamente y comenzó a levantarse, pero Paul se acercó y le agarró una mano.

—No hay ningún problema, Carmen. Confía en mí.

Carmen sacudió la cabeza.

—Tú no la oíste, Paul. Estaba casi llorando y no peleando acerca de lo incorrecto que era esto. De lo malo que era esto.

Estaba comenzando a ponerse histérica, pero Paul le salió al paso.

—Tal vez está contenta por ti.

—¿Contenta por mí? —dijo ella, casi gritando—. Al preguntarles, los he avergonzado. Eso es. Está tan disgustada...

—Está tan contenta de que tú hayas encontrado un hombre que te cuidará y te respetará. Un hombre que te tratará como a una dama —le dijo.

En ese momento, Carmen se sentó y lo miró inquisitivamente.

—Eso me suena sospechosamente como si mi padre lo dijera.

—Tal vez sí —admitió él, y se recostó contra las almohadas, atrayéndola para que descansara junto a él.

—¿Y cómo es que tú lo sabes? —lo interrogó ella.

—Bueno, digamos que si tú fueras mi hija, yo me sentiría del mismo modo —dijo, y metió la mano debajo del borde de la sábana que apenas le cubría la parte inferior del cuerpo—. Yo quisiera que el hombre del que mi hija estuviera enamorada la amara y la cuidara. Que la respetara como persona y que siempre la tratara con ese mismo respeto en presencia de los demás.

Entonces sacó la mano y ella quedó sorprendida al ver un pequeño y cuadrado estuche de joyas. Paul se lo ofreció con mano temblorosa, pero también la de ella temblaba al extenderla para tomar el estuche.

—Esperaría que él honrara a mi hija casándose con ella. ¿No estás de acuerdo?

Carmen sacudió la cabeza y, cuando abrió el estuche, vio un hermoso anillo con un solitario de diamante de dos quilates.

—No sé...

—¿No sabes que te estoy pidiendo que te cases conmigo o no sabes qué decir? —le preguntó él suavemente, tomando el estuche de su mano y sacando el anillo de la cubierta de terciopelo donde descansaba.

Ella elevó hacia él la mirada con ojos que ardían de las lágrimas de alegría que aún no había llegado a derramar.

—Todo parece tan... repentino.

Paul le agarró la mano, la atrajo hacia sí y le deslizó el anillo en el dedo. Le venía a la perfección.

—Hace cuatro meses que estamos saliendo juntos y nunca puedo acordarme de algún momento en que no fueras parte de mi vida. Ni puedo imaginarme mi vida sin ti en ella. —Llevó la mano de ella hasta sus labios y le besó el dedo donde llevaba el anillo—. Te amo. Quiero casarme contigo.

—Ellos lo sabían —dijo ella en el momento en que se dio cuenta—. Tú les dijiste a mis padres...

—Hablé con tu padre y le pedí su consentimiento para casarme con su hija. Y ahora, estoy pidiendo tu consentimiento. Quiero ser tu esposo. —Él volvió a colocar la mano de ella donde estaba antes y la miró insistentemente—. ¿Te casarás conmigo?

Carmen miró a sus ojos y no hubo duda alguna en su mente.

—Sí. Quiero ser tu esposa. Quiero ser la madre de tus hijos —le dijo, tomándole la mano y apretándola fuertemente.

Paul sonrió y su corazón se llenó de alegría ante la promesa de Carmen de amarlo. Inclinó la cabeza y le dio en los labios un dulce beso que contenía toda la promesa de sus mañanas juntos.

Carmen mantuvo la cabeza de Paul muy junto a sí y lo atrajo suavemente hacia la cama. Mientras la boca de él se abría en la de Carmen, ella lo llevó dentro de su cuerpo, de la misma forma en que lo había llevado por entero hasta dentro de su alma.

Y él se dio cuenta entonces de cuánto la amaba. Nunca más volvería a estar solo.

CAPÍTULO CATORCE

Carmen miró nerviosamente a su padre, le
enderezó la corbata y revisó que no tuviera ninguna
pelusa sobre el traje de color azul oscuro. No había
ninguna. Estaba arreglado a la perfección, totalmente aceptable para una ocasión tan propicia.

Como siempre, su madre se agitaba tratando de
arreglar los últimos detalles y alisaba la falda de su
vestido nuevo. Carmen se lo había comprado la semana anterior en una pequeña y elegante tienda de
Coral Way. La señora había protestado por el gasto,
pero Carmen quería que su madre tuviera algo especial. Se lo merecía por todo lo que había hecho por
su familia. Además, Carmen quería que ni su madre
ni su padre se sintieran fuera de lugar frente a la
familia de Paul. Para eso, había pagado por los
nuevos trajes con el dinero de sus ahorros.

Después de dos meses de compromiso, por fin la
familia de Paul iba a estar en la ciudad el tiempo suficiente para conocerla a ella y a su familia. Paul le
había dicho que no se preocupara, que sus padres y
su hermano se sentirían encantados con ella. Sin
embargo, ella sentía que a él sí le importaba contar
con la aprobación de ellos, y le preocupaba que el
asunto no fuera tan sencillo como Paul pensaba.
Había tantas cosas que separaban a sus familias.
Dinero. Cultura. Carmen tenía la esperanza de que
hubiera más cosas que los unieran, en particular el
amor mutuo que sentían ella y Paul.

Súbitamente insegura, corrió hacia el baño para
mirarse de arriba a abajo y se sintió complacida con
la forma en que la hacía lucir el vestido negro y con-
servador que llevaba. Connie la había ayudado a

escogerlo, esperando suavizar los gustos de Carmen, por lo general más extravagantes. Y aunque era más sobrio, era elegante y le destacaba la silueta, la hacía sentirse femenina.

El sonido del timbre de la puerta de entrada hizo que corriera hacia allá. Cuando la abrió, Paul estaba allí parado, vestido con un bello traje de seda gris carbón. Al verla, sonrió, se acercó y la abrazó.

—Te ves fantástica —le dijo y fue a besarla, pero ella se apartó hacia atrás.

—Tú también te ves muy bien, pero no me puedes arruinar la pintura de labios hasta después que hayamos visto a tus padres.

—Ay, qué lastima, mi vida —le dijo bromeando y dándole un ligero apretón—. Ten piedad de mí, por favor. —Él le dedicó su sonrisa de niño pequeño, una sonrisa que ella había llegado a conocer demasiado bien en los últimos meses, y cedió, dándole un rápido beso en la mejilla.

—Caramba —dijo ella—. Te pinté la cara con el lápiz labial. —Con el pulgar, frotó la mancha, y ese sencillo movimiento despertó la punta de sus nervios. Carmen lo miró a los ojos y vio en ellos como aumentaba el deseo de Paul. Bajó el pulgar y se lo pasó por la boca; él la abrió, le tomó el dedo en ella y lo mordió suavemente.

—Luego, mi amor —le prometió él.

Ella asintió, lo llevó a que saludara a sus padres y, poco después, ya estaban en el jeep de Paul y camino de la cena en un country club muy exclusivo.

Al llegar frente a la casa club, cuando el aparcador les abrió las puertas, Carmen notó que Connie y Víctor también habían acabado de llegar. Las tres parejas se encontraron frente a la puerta, intercambiaron saludos y entraron.

Cuando el jefe de comedor vio a Paul, lo recibió cordialmente, con un acento francés demasiado evidente, aunque no muy auténtico:

—Monsieur Paul, Henri se siente complacido de verlo nuevamente.

Paul sonrió y estrechó la mano del hombre.

—Me alegro de verlo otra vez, Enrique.

El jefe de comedor hizo una mueca, pero era en broma. Su acento había desaparecido cuando respondió:

—Sólo usted se atrevería a llamarme Enrique, mi amigo. Sus padres y su hermano ya están en el comedor privado. ¿Los acompaño hasta allá?

Paul deslizó la mano por debajo del codo de Carmen, haciéndole un gesto al otro hombre de que no se preocupara.

—Creo que a estas alturas ya me sé el camino, Enrique.

Entró al umbral de la puerta del salón principal de la casa club. La habitación tenía paneles de caoba oscura, y las luces provenían de lámparas metálicas de pared y de candelabros. Cada pulgada del piso estaba cubierta con una lujosa alfombra de color vino tinto que amortiguaba el sonido de las pisadas de los comensales. En un extremo de la habitación había un grupo de ventanas que se abrían hacia los amplios terrenos del exterior. Más allá del reluciente cristal de las ventanas, el campo de golf, las canchas de tenis y otras instalaciones al aire libre estaban iluminadas delicadamente, pues ya había oscurecido.

En el salón, las mesas estaban dispersas por todos lados y se sentía un murmullo apagado de conversaciones en voz baja y el tintineo de los cubiertos y la vajilla. En esos momentos, todas las mesas estaban ocupadas.

Paul condujo a Carmen a través del atestado salón, con su familia detrás de ellos, hacia una puerta enorme en el lado extremo de la derecha de la habitación. Paul golpeó la puerta, la abrió y le indicó a Carmen que entrara.

Al pararse en la puerta, Carmen se sintió entre la espada y la pared, sin posibilidad de elegir. No le quedaba más remedio que conocerlos, pero esperaba que las personas que habían criado a alguien como Paul no podrían ser tan malas.

Cuando ya estuvo dentro de la habitación más pequeña, Carmen notó que estaba decorada en el mismo estilo del comedor más grande. Pero aquí había solamente una mesa larga y puesta con mucha elegancia. Nadie estaba sentado. Por el contrario, las tres personas estaban de pie, sirviéndose tragos, junto a un bar a un lado de la habitación. Cuando ella entró, miraron en su dirección y sonrieron. El hombre de más edad caminó hacia ella y le ofreció la mano.

—Usted debe ser la novia de Paul. Nos ha hablado tanto de usted —dijo de manera efusiva, con una voz que a Carmen le costaba trabajo descifrar. No sonaba tener la enunciación lenta de las personas nacidas en la Florida, y tenía más refinamiento de clase alta.

Carmen le echó una mirada a Paul y se dio cuenta por la expresión de su rostro de que, contrariamente a lo que había dicho su padre, Paul apenas le había contado nada acerca de ella, así que ella también improvisó.

—Yo también he oído mucho de usted, señor Stone. Me alegro de conocerlo finalmente —contestó ella, aunque Paul tampoco le había hablado a ella de sus padres.

—Carmen —intervino Paul, y señaló en dirección de su madre y su hermano—. Ya conociste a mi padre, Samuel. Esta es mi madre, Kimberly, y mi hermano, Simon. —Luego presentó su familia a los padres de Carmen, a Connie y a Víctor, y hubo muchos apretones de mano y el inevitable intercambio de amabilidades hasta que todo el mundo hubo terminado de saludarse. Entonces, todos se quedaron parados torpemente, preguntándose qué hacer, hasta que el hermano de Paul intervino.

—Sugiero que abramos una botella de champán para celebrar esta alegre ocasión.

Simon tomó el teléfono del bar y mandó a pedir botellas de Dom Perignon.

El mesero entró en lo que parecieron sólo segundos, armado con dos botellas de champán y copas.

Con pericia, descorchó las botellas, sirvió el champán en las copas de todos, y luego se retiró tan rápidamente como había llegado.

Simon alzó su copa y se dirigió hacia donde Carmen y Paul estaban de pie uno junto al otro.

—Por mi hermano y su bella novia. Mucha suerte y felicidad.

Carmen se viró ligeramente y chocó su copa con la de Paul, pero en el fondo de su pensamiento tenía la idea de que el brindis de Simon no había sido sincero. El tono de su voz había sido apagado y sin emoción.

Mientras ella miraba al grupo, todos se unieron al brindis de Simon. En los rostros de sus padres, de Connie y de Víctor, había la alegría que Carmen quería ver. En el rostro de Paul, se notaba su emoción por haber dado este paso en sus vidas.

Pero en los rostros de los padres de Paul, y también bastante en el de su hermano, había poco indicio de emoción alguna, cuando más, una ligera diversión. Como si estuvieran allí para hacer sentir bien a Paul.

Carmen se sintió intrigada por esto, tomó un sorbo de su copa y miró a Paul a los ojos. Él le sonrió con cierta rigidez y la atrajo hacia él tirando de su mano.

—Si esperas demasiado, te vas a desilusionar —dijo él suavemente.

Carmen tocó con el dedo la solapa de la chaqueta de Paul y susurró suavemente:

—Espero que se sientan felices por ti.

Él dejó escapar una risa sarcástica y se alejó de ella para dirigir a todos a la mesa y dar comienzo a la cena.

Los padres de Paul habían ordenado de antemano una cena de varios platos, y cada uno de ellos fue traído a un ritmo perfecto, dándoles tiempo para conversar entre cada segmento de la cena. Carmen contestó preguntas sobre su educación y sus planes profesionales, y escuchó a su hermana y a Víctor contestar a preguntas parecidas.

—Y usted, señor González, ¿a qué se dedica? —preguntó la madre de Paul mientras el mesero le retiraba un plato y seguía hacia el próximo comensal, abriendo el camino para servir el próximo plato.

—Yo trabajo en el *Miami Herald* —dijo él vacilante y tocando los cubiertos que tenía delante.

—Oh, qué bien. Ese es un excelente periódico —ella dijo entusiasmada—. ¿Es usted escritor o editor?

Hubo un silencio en toda la mesa. La familia de Paul esperaba una respuesta mientras Roberto, sintiéndose a todas luces incómodo, miraba de refilón a su hija.

Carmen contestó por él, tratando de evitarle un momento embarazoso.

—Mi padre es el supervisor de la imprenta en el turno de por la noche —aclaró Carmen, lo que le ganó un pronunciado "Oh" y un "lo siento" por parte de la madre de Paul.

A continuación, pareció que un incómodo silencio hubiese caído sobre la mesa, y Paul hubiese querido hacer algo para hacer callar a su madre. Se preguntó si ella se había disculpado por haber puesto a Roberto en una posición desagradable, o si lo que sentía era que ese fuera su puesto de trabajo. Como sabía que lo más probable es que fuera esto último, se sintió irritado. El padre de Carmen y él habían desarrollado una buena relación durante los últimos meses y él había llegado a admirar y a respetar a ese hombre. Roberto lo había tratado más como a un miembro de la familia que sus propios padres.

—El señor González es increíble, mamá. Lee todo lo que le cae en la manos y muchas veces me cuesta trabajo ganarle en una discusión. Y es asombroso como se las arregló para traer aquí a su familia. Como los protegió —dijo, y le sonrió a Roberto, deseando que entendiera que él era capaz de ver que un hombre podía medirse de muchas maneras. Algunas de ellas mucho más importantes que el dinero y la posición social.

—Gracias, hijo —replicó el padre de Carmen, apreciando su apoyo, y Paul hizo un gesto con la cabeza.

—De nada, Roberto —respondió en español, y tomó su copa de vino, alzándola ligeramente en una especie de brindis por el padre de Carmen.

—Caramba, Paul. No sabía que hablabas español. ¿No habías tú estudiado francés en...? —comenzó a decir su hermano, evidentemente sorprendido por Paul.

Paul agitó la mano para que no continuara hablando.

—Sí, Simon, sí estudié francés. Pero he descubierto que el español no es sólo más valioso, sobre todo aquí en Miami, sino también un lenguaje asombrosamente romántico. —Miró a Carmen y disfrutó del rubor que invadió sus mejillas.

—Bueno, en realidad, el español es una de las lenguas romances, como el francés— comenzó a pontificar el padre de Paul, y continuó con una larguísima exposición que pareció hipnotizarlos a todos en un estado de trance cataléptico y que se prolongó hasta que el mesero regresó para tomar sus pedidos de café y postres.

Paul casi refunfuñó en alta voz cuando su hermano sugirió tabacos y bebidas para los hombres en el club.

—Simon, me parece que las damas puede que deseen nuestra compañía —replicó Paul, y su hermano pareció sorprenderse con la sugerencia.

—Bueno, lo siento, Paul. Señoras, les ruego me perdonen por haber sido tan poco delicado —respondió Simon.

Paul alzó la mano.

—No hace falta disculparse, Simon. Pero ya estamos en los noventa, sabes —dijo, pero aún así tenía la sospecha de que su familia quizás seguía encerrada en una era parecida a la victoriana, cuando los hombres ricos eran los que lo decidían todo y detentaban el poder.

Permanecieron en sus asientos, terminaron el café y los postres, y entonces Paul se levantó, con la intención de poner fin a la velada.

—Se está haciendo tarde —dijo, colocando la mano sobre el respaldo de la silla de Carmen.

Carmen le echó una mirada, contentísima de terminar la reunión. Aunque había transcurrido bastante bien, como todos los primeros encuentros, por momentos había resultado incómoda. Y si bien los padres de Paul no se habían mostrado hostiles, tampoco habían sido verdaderamente amistosos. Sólo amables y educados. En realidad, neutrales. A ella le hubiera gustado que demostraran un poco de emoción. Sin embargo, era preferible la neutralidad a la hostilidad.

—Fue un placer conocerlos —dijo ella al incorporarse y tenderles la mano a los padres de Paul—. Estoy segura de que nos volveremos a ver más adelante —terminó diciendo.

Los padres de Paul se levantaron, y todos los demás en la mesa hicieron lo mismo. Se intercambiaron adioses y todos caminaron juntos hacia afuera, esperando luego en la acera a que los aparcadores les trajeran sus automóviles, excepto los padres de Paul. Su automóvil fue el primero, ya que el chofer había estado esperando por ellos e hizo avanzar el Rolls Royce.

Paul le dio a su madre un rutinario beso en la mejilla y estrechó la mano de su padre.

—Vamos a estar fuera hasta alrededor de agosto, Paul —le dijo su madre—. Llámanos y déjanos saber cuándo va a ser la despedida de soltera y la boda para que podamos programar nuestro viaje de regreso.

—Sí, mamá. Papá —dijo haciendo un ligero movimiento con la cabeza, se quedó parado en la acera y vio como el automóvil se alejaba hasta que se perdía de vista.

Después vino el Jaguar de su hermano, y Simon volvió a despedirse de todo el mundo, dándole a Paul una enérgica palmada en el hombro.

—Tú y yo tenemos que almorzar juntos, y *pronto* —enfatizó, montándose luego en el auto y alejándose.

Paul se preguntó qué habría querido decir. Durante meses, él y Simon no se habían reunido para almorzar, ni para ningún tipo de comida. Se encogió de hombros, se volvió y, con una tensa sonrisa, se encontró con las miradas de los que quedaban de la reunión.

—Bueno, esa es mi familia.

Carmen se acercó y lo abrazó.

—Me parecieron agradables, Paul. No fue tan mal —trató ella de confortarlo al sentir su desilusión.

Él miró a los demás por encima del hombro de Carmen y notó que parecía que ellos también estaban de acuerdo con lo que ella había dicho, con lo cual, de repente, ya no se sintió tan mal.

CAPÍTULO QUINCE

Carmen examinó el vestido de novia que la empleada sostenía frente a ella y sacudió negativamente la cabeza. Era demasiado. Yardas y yardas de satín y obra de encaje muy elaborada. Ella quería algo más sencillo. Algo que estuviera listo para su boda en septiembre. Sólo faltaban tres meses y estaba preocupada acerca de todo.

Después de conocer a la familia de Paul la semana anterior y de darse cuenta de que parecía que ellos tenían muy poco que decir, ya fuese positiva o negativamente, acerca de su futuro matrimonio, ella y Paul se habían puesto de acuerdo en que no querían prolongar las cosas con un noviazgo largo. Sobre todo teniendo en cuenta que el trabajo de Paul a veces exigía que durante un tiempo estuvieran separados durante varios días o noches.

Querían estar juntos. Despertarse juntos. Después de la primera noche que Carmen se había quedado a dormir en casa de Paul, sólo había vuelto a quedarse una vez más. No había querido hacer ostentación ante sus padres de esa parte de su relación, a pesar de la aparente aceptación de ellos. Paul parecía haber entendido lo incómoda que se sentía respecto a eso y no la había presionado para que lo hiciera.

En lugar de eso, habían acordado una fecha para la boda, una fecha que coincidiera con una de las breves visitas a casa de la familia de Paul. Así que ahora el apuro era precisar todos los detalles. Incluido el vestido.

Carmen miró a Connie.

—Es demasiado, ¿verdad? —le preguntó Carmen. Connie asintió y frunció la nariz.

—Algo más sencillo, con líneas más elegantes —le dijo a la empleada.

La joven hizo un gesto de fastidio con los ojos, se llevó el vestido y trajo otro, y luego otro, hasta que uno de ellos hizo finalmente que Carmen se sentara derecha en la silla.

—Espere —le dijo a la empleada, y cuando miró a Connie, se dio cuenta de que el vestido también había llamado la atención de su hermana.

—Pruébatelo —dijo Connie, y Carmen se levantó, siguiendo a la empleada hasta el probador.

Rápidamente se quitó la camiseta playera, los jeans y los zapatos deportivos, y se metió el vestido por la cabeza. Flotó hacia abajo por su cuerpo en una cascada de satín.

Carmen sonrió al mirarse al espejo y ver que estaba frente a ella una persona completamente diferente. Sacudió la cabeza como quien no cree lo que está viendo, y caminó hasta donde estaba sentada su hermana, esperándola.

Una amplia sonrisa se desplegó en el rostro de Connie cuando vio a Carmen entrar y situarse frente al espejo de tres cuerpos.

Carmen se movió hacia atrás y hacia adelante, se agarró las faldas del vestido con una mano y tiró de ellas hacia afuera, haciendo una pequeña reverencia.

—Parezco una princesa —dijo Carmen asombrada, dando una vuelta en redondo para mirar a su hermana.

Era una reina, pensó Connie. El vestido era la sencillez misma. No tenía tirantes y ponía de manifiesto las elegantes líneas de las clavículas de Carmen. El corpiño tenía un escote en forma de corazón que le ajustaba el busto. Desde ahí, el vestido caía en oleadas de satín color marfil. Por la espalda, el satín creaba una cascada de marfil que se alargaba por la parte trasera hasta formar una breve cola.

—Es maravilloso. Te ves... bella —le dijo su hermana con un suspiro—. Vas a tener que traer a mami hasta acá cuando termine de trabajar para que lo vea —le dijo Connie.

Carmen asintió, sonrió e hizo un gesto a la vendedora.

—Éste es el que quiero. —Se volvió a mirar a su hermana—. Y ahora, como madrina, es hora de escoger tu vestido —le dijo, y la tortura volvió a comenzar de nuevo cuando la empleada empezó a desplegar un arco iris de vestidos.

Paul tomó el teléfono y contestó:

—Agente especial Stone.

—Hola, hermano mío —respondió Simon enérgicamente, aunque con un matiz de frialdad en la voz.

Paul hizo una mueca, preguntándose qué cosa era lo que podría querer su hermano. Simon había llamado varias veces a Paul a su casa, y le había dejado mensajes en su máquina contestadora. Lo había llamado ayer de nuevo a la oficina y se había encontrado con el mensaje grabado de Paul. Otra vez había vuelto a dejar varios mensajes. Ahora ya no había manera de evitarlo.

—Hola, Simon. ¿En qué puedo servirte?

—Pues bien, pensé que podríamos reunirnos para almorzar hoy. ¿Estás libre? —Simon le preguntó.

Lo estaba, pero Paul había estado esperando sorprender a Carmen y almorzar con ella. Sin embargo, su hermano le estaba haciendo un gesto de acercamiento, el gesto que Paul había deseado durante tanto tiempo. En el pasado, las llamadas de Simon habían sido para venderle a su hermano acciones de la bolsa o para tratar de interesarlo en que volviera al negocio de la familia: una firma de corretaje en la que Paul no tenía ningún interés. En esta ocasión, tal vez lo llamaba por las razones que Paul siempre había deseado. Para ser hermanos. Para ser amigos. Carmen siempre le dijo que tuviera fe, así que en esta ocasión estaba dispuesto a creer y a correr el riesgo.

—¿Qué te parece el Chart House, en Coconut Grove? Tengo ganas de comer pescado.

Se escuchó una risa breve y áspera al otro lado de la línea.

—Bueno, tú sabes que a mí lo que me gusta es la carne, pero probablemente un poco de pescado de vez en cuando es bueno para mi salud —le respondió Simon, y Paul pudo escuchar en el fondo el sonido de papeles que pasaban, como si Simon estuviera chequeando su libro de citas para ver si podía dedicarle un tiempo a Paul. Entonces, Simon le preguntó:

—Estoy libre a la una. ¿Qué te parece esa hora?

—Allí estaré —confirmó Paul, y colgó, tratando de mirar con agrado, por primera vez, el próximo almuerzo. Tratando de creer que esta vez sería diferente.

Paul tomó el primer bocado de su pescado y pensó que hasta ese momento la cosa no había ido tan mal. Su hermano había comenzado contándole lo bien que le estaba yendo a la firma de corretaje. Y ni una sola vez durante todo ese tiempo había siquiera mencionado cómo podrían utilizar a Paul en la firma. Ni había tratado de interesarlo en que comprara alguna acción de la bolsa. En realidad había sido sólo una conversación de hombre a hombre, hasta un poco de hermano a hermano, pensó Paul, y sonrió después de haber tragado el bocado de dorado a la parrilla.

—Me alegra oírte decir que todo va tan bien —le dijo, y siguió comiendo.

Simon puso el tenedor sobre la mesa y demoró un momento antes de responder.

—Pues sí, las cosas van bastante bien. Si no hubiera sido por el problema con Cindy, las cosas estarían saliendo perfectamente.

A Paul siempre le había caído muy bien su cuñada, aunque se habían visto pocas veces.

—¿Cómo están ella y los muchachos? —le preguntó, pensando en que su sobrina y su sobrino deberían
de haber crecido muchísimo y que a él le costaría trabajo reconocerlos, ya que había pasado tanto tiempo
desde que los había visto por última vez.

Simon se encogió de hombros, y luego lanzó una
mirada furibunda.

—Ella está bien. Los chicos están bien, aunque
casi no tengo oportunidad de verlos. —Siguió
comiendo, controlando con precisión el movimiento
de su cuchillo y su tenedor, enmascarando la cólera
que Paul sentía que estaba reprimiendo.

—Siento que no haya funcionado tu matrimonio
—le dijo Paul, identificándose con su problema.
Parecía que su hermano estaba molesto por la rup-
tura de su matrimonio, y quería tratar de ayudarlo.

—Para mí, estaba funcionando. Cindy era quien
estaba llena de exigencias que yo no podía satisfacer.
—Su hermano le hizo un gesto de advertencia con
un dedo—. Asegúrate de saber qué es lo que espera
tu mujer. Sobre todo esta.

Paul vaciló ante las palabras de Simon, queriendo
pensar que Simon no había dicho nada negativo.
Pero al encontrarse con la mirada de su hermano, no
le quedó duda alguna de su mala voluntad.

—¿Qué quieres decir con eso? —le preguntó Paul,
tratando de reprimir su propia cólera.

Simon dejó escapar una risa sarcástica.

—Vamos, Paul. Una chica tan atractiva como tu
novia... Es claro que esta te está arrastrando por los...

—Basta ya —le advirtió Paul con voz grave, colocando sobre la mesa el cuchillo y el tenedor al perder
el apetito.

Su hermano abrió la boca para continuar, pero
entonces, al parecer, se dio cuenta de que Paul no
iba a seguir escuchando nada que él dijera en contra
de Carmen.

—Lo único que quiero es que no te lastimen, Paul. Tienes que asegurarte de que estás protegido.

Paul observó de nuevo a su hermano y sintió su dolor, lo que amainó su cólera ante los comentarios de Simon respecto a Carmen.

—Siento que tú no hubieras podido evitar el que te lastimaran.

Simon se aclaró la garganta y sorprendió a Paul con lo que dijo a continuación.

—Lastimado. Sí, y bien que me lastimó. Me dejó pelado —le contestó, y siguió comiendo de su plato.

Paul se quedó maravillado de la manera en que su hermano, aparentemente, había silenciado sus emociones. Él sabía que en todo aquello tenía que haber algo más que dinero. Si Carmen lo abandonara, él se sentiría destruido.

—Cindy significaba mucho para ti y...

Simon elevó las manos y las puso frente a Paul para que no siguiera hablando.

—Cindy era perfecta. Bella. Lista, pero moldeable. Desgraciadamente, lo único que tenía que ofrecer era el apellido de su familia. Durante un tiempo habían estado en una mala situación económica. Ella necesitaba mi dinero, pero no entendía ni mi horario ni mis necesidades. Pero cuando llegó la hora del divorcio, déjame contarte —le dijo, subiendo el volumen de su voz y perdiendo poco a poco el control—. Entendió el beneficio de todas esas horas y del dinero que teníamos. Al final de cuentas, es de eso de lo que se trata. De dinero. —Enfatizó su argumento airadamente, golpeando con el dedo sobre la mesa.

Paul agarró la mano de su hermano, tratando de consolarlo.

—Lo siento, Simon. Pero tú sabes que se trataba de un poco más que...

—No, no, nada de eso —replicó airadamente, echando a un lado la mano de Paul—. Desde el principio se trataba de *nuestra* fortuna. Del apellido de *nuestra* familia. De todas las cosas buenas a las que se había acostumbrado y que quería conservar.

Paul nunca había pensado eso de su cuñada. A él, siempre le había parecido evidente el amor que ella sentía por su hermano.

—Eso no es cierto. Ella te quería...

—Ella quería todo lo que yo pudiera darle, Paul. Despiértate —le respondió Simon duramente—. Que Dios tenga compasión de los tontos que piensan que se trata de amor y de todas esas estupideces.

Paul se recostó en su silla, deseando poder aliviar el dolor de su hermano.

—Simon, con el tiempo...

—Con el tiempo, Paul, ya vas a ver. Tú piensas que Carmen es todo lo que siempre quisiste. Que ella te adora.

Simon pronunció estas palabras con un dejo de burla y había elevado ya tanto la voz que algunos comensales se estaban volviendo para mirarlos. Paul le indicó a su hermano que bajara el volumen y se acercó a él, diciéndole con suavidad:

—Ella me ama, Simon.

Simon también se le acercó y le replicó con voz tensa:

—Ella ama tu dinero, Paul. Ha visto la clase de vida que tú le puedes dar. Una vida que no se habría encontrado con ninguno de sus noviecitos cubanos.

Si su hermano le hubiera propinado un golpe, no habría podido lastimar más a Paul.

—Carmen me quiere a mí, Simon. No a mi dinero.

Su hermano sacudió la cabeza y dijo con tristeza:

—Si estás tan seguro de eso, entonces no habría ningún problema con hacer un sencillo acuerdo prenupcial. Eso aclararía las cosas y aseguraría que todo lo que tienes está a salvo de sus avariciosas manitas.

Paul se recostó hacia atrás de nuevo en la silla y se frotó los labios con el dedo, acordándose de los besos de Carmen. De la forma en que ella lo abrazaba, la forma en que le hacía el amor. Su hermano estaba equivocado, aunque...

—Lo pensaré... —le contestó, pero ya las semillas de la duda se habían sembrado con éxito en su mente insegura.

Simon se le acercó un poco más y le deslizó una tarjeta por encima de la mesa.

—Piensa bien acerca de eso y cuando hayas terminado de pensarlo, llama a mi abogado. Él se va a asegurar de que quedes protegido.

La tarjeta quedó sobre la mesa, entre los dos. Paul fue a recogerla, pero retiró la mano en el último momento, cuando las dudas lo asaltaron. En el fondo de su ser, sabía que lo que Simon sugería era innecesario. Carmen lo amaba *a él* y no a otra cosa. Pero si eso era cierto, ¿por qué no ponerlo por escrito? Alargó el brazo, tomó la tarjeta y la metió dentro del bolsillo de su chaqueta.

—Gracias —dijo.

Simon sonrió, asintiendo con la cabeza.

—No te vas a arrepentir, Paul.

Paul cerró el archivo en el que estaba trabajando, se relajó un poco en la silla y pensó otra vez en lo que su hermano le había dicho. Pensó, por milésima vez en las últimas dos semanas, acerca de su conversación durante el almuerzo con él y acerca del acuerdo prenupcial. Abrió la gaveta superior de su escritorio, sacó la tarjeta, que ya estaba ajada en los bordes de tanto manosearla.

Miró la tarjeta intensamente. El nombre del abogado estaba escrito, en brillante tinta negra y letras a relieve, junto a su especialidad legal. Familia y divorcios. Aunque para Paul la familia y los divorcios no tenían por qué ir a la par. Y no digamos que consideró lo extraño que resultaba que la persona que se ocupaba de un acuerdo prenupcial fuera la misma que pudiera tener interés en que hubiera un divorcio en el futuro. A Paul le pareció que en ese caso sólo una persona saldría ganando: el abogado.

Durante dos semanas, Paul meditó sobre esa posibilidad. Si Carmen lo amaba, si de verdad lo amaba, firmaría el acuerdo. Después de todo, ella lo amaba sólo *a él*. Ella estaría dispuesta a entregar todo aquello que no hubiera sido de ella en el momento del matrimonio. Le parecía más que razonable mientras más pensaba en eso.

Por el otro lado, si él confiaba en ella, si tenía fe en lo que habían compartido, no habría necesidad de ningún acuerdo, porque no habría divorcio. Con tantos matrimonios que terminaban en divorcios en Estados Unidos, sin embargo, las estadísticas mostraban que tal vez el de ellos no sobreviviría. Añádase a eso el estrés de su trabajo, y resultaba aún peor. Entre los miembros de las fuerzas policiales había un alto nivel de divorcio. A pesar de eso...

Carmen había dicho que había que tener fe, y que si la tenías, todo iba a funcionar al final. Paul quería creer en eso más que en ninguna otra cosa. Quería pensar que ellos triunfarían sobre las estadísticas y que pasarían juntos una vida larga y feliz. Así que estrujó la tarjeta y estaba a punto de tirarla cuando algunas de las dudas que permanecían enterradas en lo más profundo de su pensamiento lo hicieron alisar la tarjeta nuevamente, y colocarla en la gaveta superior de su escritorio, al tiempo que decía una palabrota.

Se levantó, caminó hacia la sala de la casa y allí estaba ella, con unos auriculares puestos en la cabeza y bailando delante de un vídeo que estaban presentando en la estación de música VH1. Estaba totalmente inconsciente de la presencia de él, dando vueltas y saltando al ritmo de la música que sólo ella podía oír.

Estaba vestida con unos pantalones cortos y negros de montar bicicleta, y con un sostén negro de hacer ejercicios. Era evidente que había estado haciendo ejercicios hasta hacía poco, ya que su cuerpo brillaba de sudor. A pesar de que él le aseguraba que se veía perfecta, ella estaba decidida a bajar un poco de peso para la boda, y Paul tuvo que admitir, al verla bailar tan cerca de él, que lucía aún mejor.

Carmen se había quejado de que no había bajado nada de peso, pero él podía notar una diferencia. Era muy probable que se debiera a haber estado haciendo más ejercicios. Sus músculos se había definido más, y habían aumentado ligeramente de volumen. Su peso había permanecido igual, pero su cuerpo era definitivamente diferente. Y había definitivamente mejorado, pensó Paul otra vez al observar como se movía sensualmente al ritmo de la música.

Un rostro familiar que apareció en el televisor atrajo la mirada de Paul hacia la pantalla, pero no pudo recordar el nombre de la cantante, aunque era un ídolo en Miami. En la siguiente imagen, el vídeo pasó a una pareja en poses que a él le parecieron que tenían poco que ver con bailar. Y sin embargo, Carmen seguía moviéndose, esta vez cantando quedamente, con su voz ligeramente desentonada.

Paul se le acercó, sacó el cable del transmisor del auricular y, de repente, la habitación se llenó con el sonido de un retumbante ritmo latino mezclado con una melodía para bailar. Carmen se detuvo sorprendida y se sacó los auriculares.

—No te molesté, ¿verdad?

Él sonrió, llegó junto a ella y señaló hacia el aparato de televisión de gran tamaño.

—Es un poquito perturbador —dijo, indicando la pantalla—. Pero bueno, yo sé que soy el tipo de persona que no sabe dar dos pasos bailando, pero de alguna manera... —Se encogió de hombros, se acercó más allá y la tomó en sus brazos—. Me gustaría intentar esto un poco. Prueba tú lo que quieras —le dijo él y puso sus caderas contra las de ella.

Carmen tragó un poco de aire cuando las manos de él le agarraron las nalgas y la llevaron justo contra su erección. El corazón le latía fuertemente en el pecho, tanto por el cansancio de sus ejercicios como por el súbito e insistente deseo que palpitaba por todo su cuerpo al ritmo de la música.

Carmen alzó la vista hacia él. En la mirada de Paul se mezclaban el deseo y la travesura, y ella sonrió, imitando sus movimientos. Agarrándolo por las nalgas, ella movió sus caderas contra las de él siguiendo la música y se le acercó más para rozar su cuerpo, escasamente vestido, contra el de él. Ella musitó una protesta, y lo hizo virarse para que pudiera ver la pantalla.

—Tienes demasiada ropa puesta —le dijo, inclinando la cabeza en dirección a la pantalla mientras le sacaba la camisa por encima de la cabeza.

Poniéndole las manos sobre los hombros, Carmen se sintió sorprendida del calor que se desprendía de su piel. Deslizó y bajó las manos por su larga y musculosa espalda, tomó en ellas sus nalgas y lo instó a que continuara.

—Cierra los ojos, Paul. Escucha el ritmo de la música y déjate guiar por mis manos.

Paul sonrió de oreja a oreja, con un brillo divertido en los ojos.

—Querida, eso es todo lo que quiero en la vida.

Carmen lo pellizcó en las nalgas, regañándolo.

—Vamos, mi amor. Trata de hacerlo. —Él hizo lo que ella le dijo, y ella comenzó a contar—. Siente el ritmo. Uno. Dos. Tres. Cuatro —dijo y siguió repitiendo el ritmo. Puso las manos en las caderas de Paul, aplicando una suave presión sobre ellas para que él moviera las caderas de lado a lado al compás de la música—. Es sencillo. Uno. Dos. Tres. Cuatro.

Carmen continuó y cuando él ya estaba moviendo las caderas al compás de la música, ella subió las manos hasta sus hombros y se separó un poco.

—Bien, abre tus ojos ahora y mira mis pies. Vamos a empezar suavecito, bien fácil. —Le enseñó un sencillo paso hacia atrás y hacia adelante, combinando el pie derecho y el pie izquierdo.

Paul miraba los pies de ella fijamente, tratando de mover los suyos en el paso de uno, dos, tres, cuatro, pero perdió el ritmo de las caderas y la pisó mientras lo hacía.

—Lo siento —dijo, y dio un salto alejándose de ella. Exhaló un suspiro de derrota—. No puedo hacerlo.

—Sí, tú si puedes hacerlo. —Con la confianza que demostraba por lo general, Carmen le hizo gestos de que lo intentara nuevamente, pero el vídeo llegó a su fin y apareció otro grupo musical.

Paul sonrió, dio un profundo suspiro de alivio, pues pensaba que se había librado del asunto, y se encogió de hombros.

—Lo siento —exclamó, aunque se sentía muy aliviado por la tregua.

Carmen le sacudió un dedo ante el rostro.

—Nada de eso. No te vas a librar de esta tan fácilmente, mi amor. —Tomó el control remoto, apagó la televisión, se volvió y fue hasta la mesita de centro, donde estaba su tocadiscos de compactos. Lo abrió y agitó un disco frente a él mientras casi corría hacia el aparato—. Dame un segundo.

Paul le habría dado todo el día, pues se dio cuenta de que ella se había empeñado en algo. A estas alturas, ya Paul sabía que eso quería decir que ella no se iba a dar por vencida. Su única esperanza era que cuando Carmen hubiera cumplido su misión, aún le quedaran algunos dedos de los pies sanos.

Carmen colocó el disco compacto en el tocadiscos y encendió el estéreo, apretando constantemente el botón de repetición del aparato:

—Ah, aquí está. Arriba —anunció, incorporándose y acercándose a él.

Un momento después, la canción del vídeo empezó a sonar a través de los altavoces. Carmen puso las manos en alto como en una pose de danza clásica y él tomo una de ellas, pasándole la otra por detrás de la cintura. Su piel estaba al descubierto, sudorosa. Él le pasó el pulgar hacia arriba y abajo con un gesto perezoso, pero ella le hizo retirar la mano con un súbito tirón.

—Basta —le ordenó, y puso la mano libre sobre el hombro desnudo de Paul—. ¿Listo?

Él estaba listo, aunque no para bailar. Pero bueno, si había que cumplir una misión, él estaba dispuesto a hacerlo lo mejor posible. Paul asintió y observó los pies de Carmen cuando ella empezó a contar y a moverlos de nuevo. Durante un breve tiempo, ambos se movieron juntos rígidamente al sonido de la música, y luego, como él esperaba, le pisó un dedo, provocando en Carmen una palabrota típica cubana.

—Lo siento. ¿Ya te das por vencida? —preguntó él, rogando porque lo liberaran de esta tortura.

Ella sacudió la cabeza con vehemencia.

—Nada de eso. Ahora, mírame a la cara. —Carmen le agarró las manos y se las puso a ambos lados de las caderas de ella—. Concéntrate en el ritmo y los movimientos. Ten fe en que podemos hacerlo.

Paul creía que *ella* creía que podían hacerlo, pero a él no le quedaba duda alguna acerca de su carencia de habilidad como bailador. Sin embargo, le puso las manos en las caderas y ella lo sorprendió haciendo lo mismo con sus propias manos. Los pulgares de ella descansaron sobre su barriga y los otros dedos se desplegaron por sus nalgas.

—Al compás de cuatro —le ordenó ella, y comenzaron una vez más.

Esta vez pudieron mantener el ritmo durante más tiempo y sólo tropezaron una vez. Con pericia, Carmen logró hacer que ambos volvieran a tomar el paso.

—Bueno, mi amor. Eso es —lo instaba ella, mordiéndose el labio inferior entre los dientes mientras se concentraba en el baile.

Él sonrió ante la intensidad de ella, y bromeó diciéndole:

—Relájate.

Entonces, Carmen alzó la cabeza de súbito y lo pisó en el pie. Ante su propio asombro, fue él quien la guió esta vez para volver a retomar el paso.

—Muy bien —dijo ella con una sonrisa, pasando las manos hacia los hombros de Paul.

Debajo de los dedos que le tenía puestos en la cintura, él pudo sentir que ella se relajaba, que sus caderas se aflojaban, subiendo y bajando suavemente con la música.

—Ahora, un poquito hacia atrás y hacia adelante.
—Ella lo guió hacia ese paso, de la misma manera en que a menudo ella había llevado la delantera cuando hacían el amor. Paul sonrió, pensando en cómo se parecía esto a lo otro, sus cuerpos juntos, moviéndose al unísono.

Carmen sintió un cambio en él y cuando le miró a la cara vio que estaba sonriéndose.

—¿Qué pasa?

Él la atrajo más hacia sí, con sus caderas ahora bailando al mismo compás mientras ejecutaban el sencillo paso atrás y adelante, con un poco hacia los lados, siguiendo el dinámico ritmo.

—Creo que tal vez por fin he aprendido a hacer esto —respondió, y la sorprendió atreviéndose un poco a llevar él el paso, sin salirse nunca del ritmo de la música.

Ella le sonrió y él se movió contra ella sensualmente, completamente de acuerdo con la música... y demasiado. Le puso las manos en su cintura, las subió y tomó en ellas la parte inferior de su espalda; Carmen se entregó a ellas... y a su amor.

Ella durmió entre sus brazos, acunada apaciblemente contra él. Como siempre, habían hecho el amor divinamente. Ella se había entregado, lo había tomado dentro de ella y lo había hecho sentirse un hombre completo otra vez. Había alejado cualquier duda que él pudiera tener acerca de si ella lo quería a él o a su dinero.

Paul sabía que ella era todo lo que él necesitaba, pero ¿era él todo lo que ella necesitaba?, se preguntó él a su vez, inseguro de cómo una mujer vibrante y adorable como ella podría querer a alguien como él. Nunca nadie lo había querido a él. Ni sus padres. Ni su hermano. Todavía le costaba trabajo creer que Carmen lo quisiera.

¿Qué tenía él que ofrecer aparte de una maravillosa relación sexual... y su dinero? ¿Y cuando lo sexual hubiera pasado? ¿Cuando esta fascinación mutua que sentía uno por otro languideciera? ¿Qué pasaría entonces?, se preguntaba.

Habían pasado meses. Casi siete meses desde que ella le había abierto la puerta la víspera de Navidad y lo había dejado entrar en su vida. Y en todo ese tiempo, habían sido felices. Siete meses, pensó de nuevo, reconociendo que, en la escala de la vida, eso era tan poco tiempo. ¿Podrían siete meses convertirse en siete años o incluso en setenta años? ¿Era razonable pensar que aquello podría durar tanto?

Él la apretó más contra sí y, medio dormida, ella murmuró una protesta. Paul cedió y la soltó, y ella se viró hacia el otro lado, separándose ligeramente de él.

Paul supo de repente que, de esa misma forma, llegaría el día en que él tendría que dejarla irse. Era demasiado pensar que esto podría durar para siempre.

Y supo entonces que incluso si ella se llevara su corazón cuando se alejara, él tendría que tener algo con lo que quedarse cuando eso sucediera. Aunque fuera solamente dinero.

CAPÍTULO DIECISÉIS

Paul se había prometido que no le volvería a hacer el amor hasta no haber discutido con ella el acuerdo prenupcial. Había decidido que hacerlo hubiera sido deshonesto. Y durante casi dos semanas había mantenido la promesa que se había hecho a sí mismo, en parte gracias al nuevo caso que lo había mantenido haciendo labor de vigilancia.

No había querido hacerle el amor en la piscina anteriormente ese día, la primera vez que se encontraban desde que había comenzado su caso. Pero ella se veía tan sexy con su nueva figura más delgada. Las cinco libras de peso que se había propuesto bajar se habían convertido en diez, y los ejercicios aeróbicos le habían tonificado los músculos, dándole una forma más curvilínea, aunque más esbelta, que lo volvía loco de deseo. Carmen había decidido dejarse crecer un poco el pelo, y ya a estas alturas su rostro estaba enmarcado por crespos castaño oscuros que le daban aspecto de pilluela.

El bikini que se había puesto lo había excitado desde el momento en que ella había salido y se había zambullido en la piscina. Cuando se le acercó para tirarlo bromeando en el agua, tratando de que saliera del sombrío estado de ánimo en que se había hundido por la ansiedad que sentía respecto a pedirle que firmara el acuerdo prenupcial, la presión de su tibio cuerpo en medio del agua fría de la piscina había provocado en Paul una erupción de deseo.

La había poseído, casi desesperadamente, junto a la orilla de la piscina. Ella lo había abrazado, lo había envuelto en su cuerpo como si al hacerlo pudiera aliviar un poco su dolor, pero en vez de eso lo único que había conseguido era aumentar su sentimiento de culpa.

Ella nunca le había ocultado nada, y ahora sólo faltaban semanas para la boda, y él le estaba ocultando todo.

—Paul, ¿qué pasa? —le preguntó más tarde mientras lo tenía en sus brazos, el cuerpo de él aún encajado en la calidez del cuerpo de ella, que lo rodeaba con los brazos amorosamente.

—Nada, Carmen. Nada —le había mentido, y se había separado de ella y salido de la piscina.

Carmen lo vio marcharse y quiso poder aliviar aquello, fuera lo que fuera, que había estado molestándolo tanto. Y pensó, preocupada, que tal vez aquello tuviera algo que ver con ellos y con la boda. Que quizás él hubiera cambiado de opinión y no quisiera continuar con los planes de matrimonio. Nadó hasta la orilla de la piscina, subió los escalones y caminó hasta la silla de extensión donde Paul estaba acostado, con la cabeza apoyada en los brazos, que le servían de almohada. Carmen se sentó en el borde de la silla de Paul, tomó de un tirón la toalla que estaba en la silla de ella y empezó a secarse.

—Paul —dijo ella, poniéndole la mano en la espalda.

—¿Mmm? —preguntó él sin siquiera levantar la vista.

—Si hay algo que anda mal, me gustaría hablar acerca de eso. Si ya no quieres casarte...

Entonces él se sentó súbitamente.

—¿Por qué vas a pensar eso?

Carmen se encogió de hombros y se apretó la toalla contra el estómago.

—Últimamente pareces distante. Constantemente enojado. Pensé que tal vez tuviera que ver con nosotros. Con la boda.

Ese hubiera sido el momento perfecto para decírselo. Para dejarle saber que estaba luchando con una decisión que podría afectar su matrimonio, pero el cobarde que había en él estaba todavía demasiado temeroso de decir algo.

—No, Carmen. Sólo estoy... preocupado con el trabajo y con todos los planes para la boda. Sé que no me he comportado normalmente, y lo siento.

Ella se detuvo durante un instante, luego asintió y aceptó su respuesta.

—Por favor, recuerda que estoy aquí para ayudarte si necesitas alguien en quien confiar. Cualquier cosa que sea que te esté preocupando, yo te escucharé.

—Lo sé. De verdad, no hay nada. —En ese momento hubiera querido que la tierra se lo tragara. Aquí estaba ella, tan sensible y comprensiva, y él le estaba mintiendo acerca de una de las cosas más importantes en la que sería la vida en común de ambos.

Entonces, Carmen se levantó y se secó las piernas.

—Si no te importa, quisiera que me prestaras tu computadora durante un ratito. Víctor mencionó algunos sitios de Internet que yo debería visitar para obtener información acerca de algunas clases que él cree que yo debiera tomar. ¿Está bien?

Paul asintió.

—Claro que sí. ¿Sabes dónde está la máquina?

—En tu estudio, ¿no?

Él asintió nuevamente y ella se dirigió hacia la silla de extensión, recogió una bata de felpa, se la puso y se alejó. Él se recostó en su silla, cerró los ojos y nuevamente trató de tomar una decisión acerca del pedazo de papel que lo había estado atormentando durante todo ese mes. El acuerdo que había estado sobre su escritorio, noche tras noche tras...

—¡Carajo! —maldijo y saltó de la silla.

Había dejado el acuerdo prenupcial sobre el escritorio, a la vista de todos. Justo al lado de la computadora. No había forma de que ella no lo viera, a menos que, naturalmente, se hubiera dirigido hacia otro lado antes de llegar a la oficina. Corrió hacia la casa y hacia el estudio, pero era demasiado tarde.

Ella estaba sentada junto al escritorio, con el acuerdo en las manos, que le temblaban mientras sostenían firmemente el papel. Tenía los hombros encorvados, metidos hacia dentro como si sintiera dolor. Él fue hasta ella y le puso la mano en su espalda, pero ella se la sacudió.

—Carmen, puedo explicarte todo —le rogó.

En ese momento Carmen se incorporó, sosteniendo el papel en la mano, moviéndolo de un lado al otro.

—¿Puedes? ¿Crees que es fácil explicarme esto? —dijo, estrujando los papeles y formando con ellos una bola que le tiró a Paul.

La bola de papeles lo golpeó en el pecho y luego cayó silenciosamente al piso. Él se agachó, recogió el acuerdo y lo desestrujó, tratando de volver a alisarlo.

—No es lo que tú crees.

Ella se cruzó de brazos e inclinándose hacia atrás, apoyó el peso de cuerpo contra el borde del escritorio.

—Creo que es un acuerdo prenupcial. ¿Me equivoco? —Su voz sonaba dura, sin emoción.

—Lo es, y...

—¿Cuándo me lo ibas a enseñar? ¿El día de la boda? ¿O tal vez cuando yo llegara al altar, justo antes de que se suponga que comenzara la boda? ¿Cuándo, Paul? —El hielo que se desprendía de sus palabras congelaba a Paul hasta los mismos tuétanos. Había esperado cierta vacilación de parte de ella, pero jamás esta cólera.

—No estaba seguro de cuándo —admitió, se alejó unos cuantos pasos y se pasó la mano por entre la mojada cabellera—. Eso me ha estado preocupando durante un tiempo —le dijo.

Carmen asintió como si de pronto se hubiese dado cuenta.

—¿Todo el mes? ¿Es esto lo que ha estado preocupándote todo el mes?

—Sí. No podía decidirme. Sigo sin poder decidir si quiero que lo firmes, aunque tiene sentido.

Carmen escuchó sus palabras, pero no podía creer que él las estuviera diciendo en serio. El hombre del que ella se había enamorado no tendría ninguna duda de su amor por él. Pero este hombre...

—¿Tienes tú alguna duda de lo que yo siento por ti?

Él respondió de inmediato.

—No.

Ella avanzó hacia él y tomó los papeles de su mano.

—Entonces, ¿por qué esto? ¿Qué crees que se logra con esto?

Paul se encogió de hombros y desvió su mirada hacia otro lado, incapaz de mirarla de frente.

—Incluso cuando dos personas se quieren, a veces las cosas no funcionan. —Respiró profundamente y alzó la cabeza—. Hay algunas cosas que necesito proteger.

Carmen estaba comenzando a sentir nuevamente la cólera, y algo más. El dolor profundo de pensar que él tenía tan poca fe en su amor mutuo. Ella examinó su estudio, haciendo un gesto hacia todo lo que los rodeaba.

—¿Qué necesitas proteger, Paul? ¿Todo esto?

Un rubor cubrió las mejillas de Paul y vaciló por un instante antes de responder.

—Esto y más por lo que he trabajado muy duro. Cosas por las que mi familia trabajó.

La hirió más que si le hubiera pegado. Carmen le lanzó una risa dura y fría.

—¿Crees que todo esto me importa algo? —dijo con amargura.

—Sin duda parece que disfrutas de todo esto —replicó él.

Carmen leyó de nuevo el papel, y entonces volvió a mirar a Paul.

—Me imagino que lo que sucede es que nunca me entendiste realmente. Me imagino que nunca entendiste realmente lo que es importante para mí. —Se volvió, caminó de nuevo hasta el escritorio y dejó caer allí los papeles. Hizo una pausa, levantó la mano y se quitó el anillo de compromiso del dedo y lo puso sobre el estrujado acuerdo prenupcial.

Se dio vuelta y dijo suavemente:

—Puedes dejar de preocuparte ahora mismo, Paul. Todo esto —y señaló otra vez hacia la habitación— está seguro.

Paul caminó hacia ella, pero ya Carmen estaba afuera del estudio e iba escaleras arriba hacia su habitación antes de que él pudiera detenerla. Le cerró la puerta en la cara, puso el seguro y no perdió tiempo en vestirse, poniéndose la blusa y los jeans por encima del bikini mojado.

Mientras tanto, él no dejó de golpear en la puerta constantemente, rogándole que abriera, pero ella sabía que no tenía sentido hablar con él ahora. Estaba demasiado enojada y colérica, y él no entendía, al parecer nunca había entendido de qué se trataba todo.

Luego que transcurrieron unos cuantos minutos, él debió haberse dado cuenta de que no había razón para seguir esperando que ella abriera la puerta. Se oyó el eco de sus pasos por el pasillo y la escalera. Ella esperó alrededor de un minuto, agarró su bolsa y su monedero y salió.

Las lágrimas acudieron a sus ojos una manzana después, mientras se acercaba a la parada de autobús en LeJeune. Se tragó las lágrimas y se obligó a permanecer en calma mientras subía al autobús y dejaba a Paul atrás.

Carmen miraba a su hermana como si le hubieran salido dos cabezas.

—¿Tú quieres que yo haga qué?

—Que firmes el acuerdo —la instó Connie.

Carmen se separó de la mesa y, airada, caminó de un lado a otro frente a su hermana.

—Te estás poniendo de parte *de él* —le dijo agriamente.

—No, hermanita. Me estoy poniendo de tu parte. Tú lo amas. ¿Por qué dejar que un sencillo pedazo de papel los separe? —insistió Connie.

—Un sencillo pedazo de papel —Carmen casi le gritó y avanzó hasta donde estaba su hermana. Puso firmemente ambas manos sobre la mesa para controlar el temblor que la hacía vibrar de rabia—. Si Víctor te hubiera pedido esto, ¿lo habrías hecho?

—Víctor no...

—Pero si lo hubiera hecho, Connie, ¿lo habrías firmado? —Carmen le volvió a preguntar, obligando a su hermana a ponerse en su situación.

Connie se demoró en contestar, claramente sopesando su respuesta.

—Me hubiera partido el corazón, Carmencita —admitió finalmente, levantándose y acercándose para abrazar a su hermana.

—Me partió el corazón, Conita. ¿Cómo voy ahora a darme por vencida y firmar? —le preguntó Carmen a su hermana sin dejar de abrazarla fuertemente.

Connie le echó hacia atrás algunos de los crespos que ya le habían crecido a Carmen.

—Pero, ¿cambia eso lo que sientes por él? ¿Te hace eso más fácil estar separada de él?

—No, claro que no —dijo Carmen, y soltó a su hermana para comenzar de nuevo a caminar de un lado al otro al tiempo que pensaba—. Pero, si firmo, ¿qué le dice eso a él, Conita? Piensa en eso. ¿Quiere eso decir que *yo* creo que no podemos durar como pareja?

Connie se encogió de hombros.

—Tal vez sólo significa que estás dispuesta a hacer que se sienta seguro.

—Que se sienta seguro —dijo con un suspiro—. De todos modos yo pierdo. *Ambos* perdemos, Paul y yo.

Connie consideró lo que dijo su hermana, sin entender por completo a qué conclusión estaba tratando de llegar.

—Por favor, explícame eso, Carmencita.

Entonces, Carmen se sentó y se mantuvo en silencio durante un instante antes de mirarla a la cara.

—Él cree que yo lo quiero sólo por su dinero. Si firmo, se siente seguro y sabe que yo no estoy detrás de él por su dinero, ¿no es así? Pero yo pierdo mi propio respeto. —Vaciló durante unos segundos para continuar después, mientras la voz se le iba enronqueciendo de la emoción—. Y si no firmo, él piensa que soy una buscadora de fortunas. Que lo único que quiero de él es su dinero.

—Él no piensa eso de ti —Connie trató de asegurarle.

—No, pero él sí lo piensa de sí mismo. Él cree que no es digno de ser amado sólo por sí mismo. Y con el tiempo, ¿que le pasará a lo que sentimos el uno por el otro si él sigue dudando de esa manera, Connie? ¿Sobre qué vamos a construir nuestra vida? —le preguntó Carmen.

Connie sabía que su hermana tenía razón. Lo peor de todo era que ella no tenía una buena respuesta, pero sabía que valía la pena correr el riesgo.

—Intenta demostrárselo, Carmen.

—Pensé que ya lo había hecho, Conita. Pensé que ya lo había hecho —respondió Carmen suavemente, y las lágrimas se agolparon en sus ojos al recordar todo lo que habían compartido. Sacudió la cabeza tratando de echar a un lado esos pensamientos, pero siguieron firmemente plantados en su mente—. Hubo momentos en los que lo único que hacíamos era estar el uno junto al otro, como la primera vez, cuando yo estudié y el trabajó. Otros momentos en que veíamos una película y después nos quedábamos conversando hasta altísimas horas de la noche. La pasábamos tan bien y yo pensaba que habíamos empezado a entendernos mutuamente. A confiar el uno en el otro.

Connie asintió, y murmuró:

—Estoy segura de que así fue. Pero la verdad es que siempre estamos aprendiendo cosas nuevas acerca de la gente que amamos. Es parte de la vida.

—Sí, y mira lo que yo he aprendido. Que mi novio no confía en mí —contestó Carmen y comenzó a llorar. Se cubrió el rostro con las manos y sintió que su hermana le ponía los brazos alrededor y la envolvía en un fuerte abrazo.

—Siento que te hayan herido, Carmencita. Pero a su manera y en su confusión, yo estoy segura de que él también se siente herido. —Connie hizo que su hermana se incorpora y se afincó en una rodilla para mirarla a la cara—. Tú nunca te has dado por vencida con respecto a nada, así que no lo hagas tampoco ahora. Habla con él y...

—Ya lo hice, Connie. Yo sí le hablé —le repitió.

—En medio de la rabia y el dolor —sugirió Connie, y Carmen asintió. Y Connie añadió—: Date un poco de tiempo y cuando estés más tranquila, habla con él. —Pasó la mano por las mejillas de Carmen y le secó las huellas de las lágrimas.

Carmen se levantó, tomó la mano de su hermana y asintió. Respiró profunda y entrecortadamente, y trató de imaginarse cuánto tiempo pasaría antes de que el dolor se hubiera aliviado lo bastante como para poder hablar con él calmadamente. Se preguntó si la sensación de fracaso por haberse enamorado de un hombre que tenía tan poca fe, desaparecería con el tiempo lo bastante como para que ella pudiera hablarle calmadamente.

Pero iba a intentar hacer lo que Connie había dicho. Iba a darle un poco de tiempo y tratar de nuevo. Su hermana había dado perfectamente en el clavo con relación a eso. Ella, Carmen, jamás en su vida se había dado por vencida, y no iba a comenzar a hacerlo ahora.

CAPÍTULO DIECISIETE

Paul arregló unos papeles que estaban encima de su escritorio, tratando de eludir a Connie cuando esta entró, pero resultó imposible.

Ella fue directamente hasta el escritorio de Paul y se sentó en el borde.

—Te voy a decir esto ahora, y después espero que nos olvidemos del asunto y que actuemos como si nada nunca hubiese pasado. Creo que eres el tonto más grande del mundo. Creo que estás cometiendo el mayor error de tu vida, y no porque se trate de mi hermana. Ella te hacía feliz y te amaba. Y le tiraste todo eso a la cara.

Paul miró a su alrededor. Connie había hablado en voz baja, para que sólo él la oyera, pero todos alrededor de ellos estaban mirándolos atentamente. Los rumores se habían regado como pólvora esta mañana en la oficina, ya que todo el mundo parecía saber que algo andaba mal. Paul se levantó y señaló con la cabeza una de las salas de interrogación.

—Por favor —le dijo, y Connie se levantó y lo siguió a la habitación.

Cuando ya estaban adentro, él cerró la puerta tras ellos y se sentó sobre la mesa mientras Connie se sentaba en una de las sillas. Él empezó.

—No quiero que esto interfiera con nuestra relación de trabajo, por difícil que pueda ser. Y no quiero que pienses que yo deseaba romper la relación con Carmen. Por el contrario, me casaría con ella mañana mismo si ella me aceptara.

Connie estrechó los párpados y lo examinó cuidadosamente.

—¿La amas?

Paul dejó escapar un ronco suspiro.

—Claro que la amo.

Connie alzó las manos hacia arriba en un gesto que confirmaba lo alterada que estaba.

—Entonces, ¿por qué hiciste algo tan estúpido como pedirle que firmara un acuerdo prenupcial?

—Oh, vamos, Connie —dijo él y se levantó, paseándose de un lado al otro de la habitación—. La gente los firma constantemente. ¿De qué otra manera te vas a proteger cuando...?

—Termine. ¿Es eso lo que piensas que va a pasarles a ti y a Carmen? —le preguntó ella calmadamente, con las manos entrelazadas y colocadas modosamente sobre el regazo.

Él agitó las manos, tratando de encontrar una explicación.

—¿Cómo voy a saber lo que va a pasar? Por eso es que la gente firma estas cosas.

Entonces Connie se levantó y puso las manos firmemente sobre la mesa que tenía frente a ella.

—Volvemos a lo mismo, con eso de que la "gente" los firma. ¿Qué clase de gente? ¿La gente que tiene dinero y que se casa con la gente que no tiene?

Paul agitó las manos en un gesto de cólera.

—No se trata de eso.

—De eso es de lo único que se trata. Tú tienes y nosotros no. Y tú quieres que siga así —respondió ella apasionadamente—. ¿Es que no se trata siempre de eso? Dinero. Poder.

Paul se alejó de ella, se puso las manos en las caderas y dijo una palabrota en voz muy baja.

—No se trata de eso —respondió con más firmeza. A veces, pensó, se trata del amor.

Desde sus espaldas le llegó una pregunta que Connie formuló tranquilamente.

—Entonces, ¿qué es lo que pasa? ¿Tienes miedo de que no funcione?

En parte se trataba de eso. La otra parte se trataba de no poder ser capaz de satisfacer a Carmen en todos los aspectos en que ella lo había satisfecho, pero no le salían las palabras, pues su garganta estaba tensa de la emoción. En lugar de eso, asintió, dejó caer la cabeza y se derrumbó en una silla.

Connie le puso una mano en el hombro y se dio vuelta para mirarlo a la cara.

—¿Crees que ese papel te va a proteger de perder lo que más te interesa?

A duras penas, Paul pudo responderle.

—Ya lo he perdido.

Connie sintió su dolor como si fuera suyo propio. Se sentó junto a él y le tomó la mano.

—Voy a decirte esto ahora y si alguna vez se lo dices a mi hermana, *sí* voy a usar mi pistola, ¿me entiendes?

Paul luchó contra las lágrimas que quería derramar.

—Quedará entre nosotros.

Connie asintió y continuó:

—Con todo lo que quiero a mi hermana, reconozco que tiene sus faltas. Y la mayor de todas es la terquedad. Pero esa terquedad es una navaja de dos filos.

Él arrugó el ceño, tratando de entender lo que Connie había dicho, pero no pudo y le lanzó una mirada interrogante.

—Lo sé, para mí es también difícil de entender. Esto es lo que yo sé. Ella te ama, a pesar de todo. Y es lo bastante terca como para mantener ese amor bien profundo en su corazón, aunque esto no vaya a funcionar por el momento.

Las esperanzas de Paul revivieron al escuchar las palabras de Connie, pero se dio cuenta de la vacilación que había en la voz de su amiga.

—¿Cuál es la parte negativa de su terquedad?

Connie se tomó las manos firmemente antes de mirarlo de nuevo.

—Ella está empeñada en contra del acuerdo prenupcial, y yo puedo entender por qué, Paul.

—Entonces explícamelo, Connie —dijo él con frustración—. Porque tu hermana está decidida a no hacerlo.

Ella se acercó y tomó la mano de Paul.

—Carmen no quiere hablar contigo porque la has herido de todas las maneras posibles. Dudaste de su honor. Dudaste de su amor, un amor que ella te dio libremente y sin pedirte otra cosa que no fuera que tú a tu vez la amaras —le dijo, apretándole ligeramente la mano.

Él entrelazó los dedos con los de ella, sintiéndose reconfortado con eso, y le respondió suavemente:

—Yo sí la amo, Connie.

Ella inclinó la cabeza hacia él.

—Entonces no dudes de ella. No busques problemas que puede que nunca existan. *Cree* que lo que tú sientes por ella y ella por ti es bastante —Connie trató de convencerlo, pero él le soltó las manos, se levantó y comenzó a caminar de un lado al otro frente a ella, con las manos trabadas en los bolsillos de los pantalones.

—¿Creer? ¿Qué es lo que les pasa a ustedes dos? ¿Es una especie de mantra que las dos se repiten mentalmente sin parar? ¿Tener fe? ¿Creer? —dijo mientras su voz iba subiendo de volumen y se hacía evidente su exasperación—. Pero, ¿qué maldita clase de fe puedo tener?

Connie dudó durante un instante antes de responder, sabiendo que su respuesta podría parecer dura, y hasta hacer que él creyera que ella lo estaba criticando.

—Tal vez cuando uno nace con todo lo que se puede desear, la fe no es tan importante. No se necesita tener fe en Dios. Ni en el amor. Ni en uno mismo. Pero cuando no se tiene nada, es esa fe la que hace tolerable cada día. Hace tolerable el hambre que sientes en el estómago. Le da esperanzas a tu corazón de que puede seguir latiendo.

Entonces, él dejó de caminar de un lado al otro y la miró. En un momento de iluminación, se dio cuenta de que él había sabido muy poco de las fuerzas que habían moldeado las vidas de estas dos mujeres. De la que se había convertido en su amiga. Y de la que se había convertido en su amante y le había devuelto el alma. Y quería saber más.

—Cuéntame.

Ella sacudió la cabeza.

—Yo no soy la que tengo que contarte.

—Y Carmen. Ella me ha contado algo, pero no mucho. ¿Alguna vez me contará el resto? —le preguntó, haciendo su mayor esfuerzo por entenderla.

—No, no lo hará. Para Carmen, Cuba y todo lo que pasamos allá son capítulos cerrados en su vida. Los ha dejado atrás y les ha cerrado la puerta.

Él sonrió, y se las arregló para reír brevemente.

—¿Su terquedad otra vez, verdad?

Carmen asintió.

—Sí. Pero esos tiempos la han moldeado. Igual que otros tiempos en tu vida te moldearon a ti, Paul.

Paul dejó escapar un áspero suspiro, se paró y volvió a caminar de nuevo de un lado al otro.

—Yo lo tuve todo, ¿recuerdas? —replicó él, tirándole de vuelta sus propias palabras.

Connie se levantó, se le acercó y le puso una mano en el hombro para detenerlo.

—Lo siento, Paul. Es posible que tú hayas tenido cosas materiales, pero entiendo que hay otras cosas que tú no tuviste y que eran más importantes. Y en cierta forma, tal vez eso fue más difícil que lo que nosotros no tuvimos.

Él no dijo nada y se quedó rígido bajo la mano de Connie.

—Algún día, Paul, tendrás que encontrar en lo profundo de tu corazón esa chispa de fe a la que has cerrado la puerta, como a Carmen. Esa chispa sabe que hay una razón para todo, Paul.

Paul sacudió la cabeza y se encogió de hombros con desilusión.

—No hay razón alguna.

Connie se paró frente a él y le tomó la mejilla con la mano, obligándolo a mirarla a la cara.

—La razón es el amor, Paul. Créelo, ella te ama. Si no puedes tener fe en eso, entonces hazte a un lado y déjala que siga con su vida. Al final, dejará de amarte.

Ella le rodeó la cintura con los brazos y le dio un fuerte abrazo. Él permaneció rígido, sin relajarse, y al cabo de un rato ella lo soltó y se marchó, dándole un poco de privacidad para que pensara en todo lo que le había dicho.

Paul la vio irse y se dejó caer pesadamente en una de las sillas. Apoyando los codos sobre la mesa, se tomó la cabeza entre las manos, tratando de penetrar en lo profundo de su corazón y encontrar esa chispa que Connie había mencionado. El problema es que esa chispa había sido Carmen. Ella había sido quien le había dado la fuerza para pensar que el amor era posible para él. Que incluso algo tan sencillo como bailar era posible.

Pero ahora... sólo quedaba vacío y dolor. El futuro que antes creyó que podía ser tan brillante y feliz ya no existía, y él había sido el arquitecto de esa destrucción. Pero, ¿podría ser él el arquitecto de la reconstrucción de ese destino?

Él sabía que para hacerlo, y para ser justo con Carmen, tenía que tener fe. No podía vivir su vida como una sanguijuela, alimentándose emocionalmente de Carmen, porque con el tiempo, la dejaría seca.

Paul se frotó el rostro con las manos, secó la ligera humedad de sus ojos, se levantó y comenzó su búsqueda.

Carmen tomó el teléfono y marcó el número de Paul por lo que tal vez era la centésima vez en los últimos días. Con la fecha de la boda acercándose apresurada y amenazadoramente, esta vez no tenía otra salida. Tenía que hablar con Paul y tratar de ponerle punto final a todo esto.

Así que dejó que el teléfono sonara, y luego escuchó desesperada que se encendía la máquina contestadora. El sonido de su voz, aunque fuera en el mensaje pregrabado, renovó su dolor. Estaba a punto de colgar cuando oyó que levantaban el auricular y que Paul contestaba sin aliento:

—Aló, un momento. —El mensaje pregrabado se detuvo de súbito y él prosiguió con su disculpa—. Perdón. Acabo de terminar de correr.

Carmen trató de recordar como se veía él después de una carrera de ejercicio, todo sudado, con los músculos hinchados. Se controló y dijo:

—Hola, Paul. —Estaba segura de que él no tenía la menor idea de quién estaba en la línea.

Hubo una pausa y cuando él contestó, su voz se sentía vacilante.

—Carmen. Hola. ¿Cómo estás?

—Tan bien como podrías esperar —admitió honestamente—. ¿Y tú?

—Te estoy... extrañando. —Hubo una pausa y luego él se apresuró a añadir—: De verdad, te estoy extrañando muchísimo.

El corazón de Carmen se le hizo un puño en medio del pecho y las lágrimas acudieron a sus ojos. Apretó los ojos firmemente y trató de mantener la voz tranquila mientras respondía.

—Yo también te extraño, Paul.

Él suspiró en el otro extremo de la línea y tosió. Cuando por fin respondió, su voz tenía un tono ronco y grave.

—Quisiera que pudiéramos encontrarle alguna solución a esto.

Carmen asintió, y luego se enojó consigo misma al darse cuenta de que él no podía verla. Se le ocurrió entonces que, tal vez, había una sola cosa que podían intentar.

—Podríamos reunirnos en algún sitio... neutral, y tratar de hablar sobre este asunto.

Paul pensó en lo que Carmen le había propuesto y dijo una palabrota.

—Mi vida —comenzó, tratando de explicarse—. Con todo lo que te deseo en estos mismos momentos, ni siquiera sé si un lugar neutral podría evitar que hiciéramos alguna tontería.

Durante un instante, Paul creyó haber escuchado un gemido al otro lado de la línea, pero Carmen intervino de súbito, y su voz, baja y ronca, provocó en lo más íntimo de Paul toda clase de reacciones.

—Paul, no estás jugando limpio.

—Pero estoy tratando de jugar limpio, mi amor. Por eso es por lo que no te he llamado y me he mantenido alejado.

—Y eso es tan tonto como las duras palabras que nos dijimos el otro día —lo instó ella—. Fueron palabras dichas en medio de la cólera y sobre las que necesitamos hablar.

Paul suspiró, se pasó la mano por los cabellos y se dejó caer en una de las sillas que había junto al teléfono.

—Puede que las hayamos dicho en medio de la cólera, pero eran sinceras. Admítelo, Carmen —insistió él.

—Yo me enojé cuando me encontré el acuerdo...

—¿Y ahora? —le preguntó él—. ¿Estás menos enojada ahora? ¿Has decidido firmarlo?

Él esperó ansioso por su respuesta, mientras que la esperanza iba creciendo en su interior como una frágil burbuja de jabón. Pero ella la reventó con una suave y sencilla palabra.

—No.

Él suspiró, vaciló y, cuando ella dijo suavemente "¿Paul?", él contestó:

—¿Qué sucede, Carmen?

—Créeme esto que te digo, Paul. Te amé más de lo que nunca pude pensar que fuera posible. Siento que no haya sido lo suficiente.

La línea se cortó y el corazón de Paul murió como si también lo hubiesen cortado.

CAPÍTULO DIECIOCHO

Paul miró fijamente al hombre que estaba sentado a la mesa frente a él, no muy seguro de lo que quería.

—Me alegro de que hayas venido hasta acá, Víctor.

—Quería ver cómo te iba. ¿Cuando tiempo ha pasado? ¿Dos meses?

Habían pasado once semanas, dos días y cinco horas, pero, ¿qué sentido tenía llevar la cuenta?, pensó Paul. No había vuelto a ver a Víctor desde que todos habían ido juntos a celebrar el cumpleaños de Connie, a sólo semanas del día de la boda. No había hablado con él en las tres semanas transcurridas desde la propuesta fecha de la boda, una fecha que había pasado sin celebración, pero no sin lamentaciones.

—Ha transcurrido... demasiado tiempo —admitió Paul.

—Quería pasar por aquí, saber cómo te sentías —dijo Víctor, echando una mirada a la habitación a su alrededor—. Tienes una casa muy agradable, Paul.

Paul se encogió de hombros y asintió.

—Me gusta.

—Y a Carmen, ¿le gustaba? —le preguntó Víctor.

—¿Es por eso por lo que viniste? ¿Te envió Carmen? —le preguntó Paul, comenzando a sentirse encolerizado... y aliviado. Si Carmen lo había enviado, entonces después de todo había alguna esperanza.

Víctor tomó la copa de vino que Paul le había servido anteriormente y bebió un sorbo antes de responder.

—En realidad, si mi mujer o mi cuñada supieran que estoy aquí, se me formaría un tremendo problema. Así que te agradecería que no se lo mencionaras a ninguna de las dos.

Paul lo miró detenidamente, pero no había en Víctor ninguna señal de engaño. Y él había llegado a apreciar a Víctor, a sentir una camaradería instantánea con este hombre que siempre se había mostrado tan amistoso. Sin embargo, hubo un poco de vacilación de su parte.

—Quiero agradecerte que hayas venido, Víctor. Pero no estoy en condiciones de hablar acerca de Carmen con nadie, ni siquiera con ella misma —le dijo en respuesta a la mirada interrogante de Víctor.

—No hay problema, porque yo no vine a hablar de Carmen. Vine para ver cómo te iba. Pensé que podríamos comer algo, relajarnos un poco. —Víctor miró hacia la piscina y suspiró—. Hasta hubiera podido traer un traje de baño para ver si nos dábamos un chapuzón. Nuestra piscina la están arreglando.

—¿De veras? —le preguntó Paul, cuestionándose qué era lo que en realidad se proponía.

—Sí. La última tormenta que tuvimos lanzó una palma contra los filtros y las bombas. Va a demorar otra semana más o menos antes de que todo esté funcionando normalmente. —Víctor bebió otro poco de su vino—. Bueno, ¿tienes ganas de almorzar?

En realidad, no tenía hambre. Se le había quitado el apetito desde que... Bueno, eso no lo iba a admitir. La ausencia de Carmen lo había destrozado, pero él no iba a permitir que este hombre lo supiera.

—Preferiría quedarme, y por cierto, tengo un traje de baño extra que podrías usar.

—Qué bien. Pero sí tienes comida, ¿verdad? Siento decirlo, pero me estoy muriendo de hambre.

De nuevo, Paul lo estudió, preguntándose cuál sería su juego, aunque él también estaba deseoso de tener compañía. La casa le había parecido tan vacía últimamente, y la presencia de Víctor, por extraña que fuera, resultaba un bienvenido alivio a ese vacío.

—Tengo unos bistés que puedo poner a la parrilla. Tú sí comes carne, ¿no es cierto?

—Sí. ¿Acaso no la comen todos los hombres de verdad? ¿Qué tal si nos cambiamos de ropa y luego preparamos ese almuerzo. Después, podemos quedarnos junto a la piscina, bueno, si tú no tienes otra cosa que hacer —dijo Víctor inocentemente.

Paul se encogió de hombros.

—Nada de nada. ¿Y tú qué? ¿Connie no...?

—Connie salió con una amiga. Una salida de esas de mujeres. Pensé que ya era hora de que yo tuviera mi propia cita con un amigo... Bueno, me da pena decir esto, pero si yo tuviera que escoger entre Connie y mis amigos, ella ganaría sin pensarlo mucho. Por eso es que no he estado pasando mucho tiempo con mis amigos de antes, ni con los de ahora —y diciendo esto, hizo un gesto señalando a Paul.

Cuando Víctor sonrió después de esta afirmación, Paul vio claramente que se había puesto a pensar en su esposa, y decidió darle un susto para sacarlo de su ensueño.

—Sí, yo también. Si yo tuviera que escoger entre salir con los amigos o salir con Connie, escogería a Connie.

Víctor se enderezó, sorprendido, y entonces sonrió.

—Paul, si yo tuviera la más mínima duda acerca de tu relación con Connie, te haría pedazos con mis manos. Pero como sé muy bien lo que sientes por Carmen, te voy a dejar con vida.

Paul asintió y repuso tristemente:

—Sí, por desgracia tienes razón, Víctor. —Esperó a que el otro hombre hiciera algún comentario, y hasta que intentara arrastrarlo a una conversación acerca de su exnovia, pero no lo hizo. Entonces, fue Paul quien lo hizo—. Me sorprende que Connie no haya salido con su hermana. Siempre eran inseparables.

El otro hombre tosió, sintiéndose incómodo de repente, y Paul se enderezó, preocupado.

—Carmen está bien, ¿no?

Víctor se encogió de hombros, tomó la copa por el pie y la deslizó hacia atrás y hacia adelante sobre la mesa, evitando la mirada de Paul.

—Bueno... Sí, está bien. Lo que pasa es que no está en Miami ahora.

Esto tomó por sorpresa a Paul, que se recostó pesadamente en la silla.

—¿Dónde está?

Víctor vaciló nuevamente y por fin respondió.

—En Nueva York. Quería tomar unas clases, y... Necesitaba irse y yo tenía un amigo que le permitió entrar en el curso para este semestre.

¿Nueva York?, pensó Paul y frunció el rostro.

—¿Dónde se está quedando? ¿En un lugar seguro? ¿Tiene algún conocido por allá que pueda ocuparse de ella? —Quería preguntar más, pero la mirada de Víctor le dio a entender que ya había dicho demasiado.

—Unos primos de los González tienen casa allá. También tienen un apartamento cerca de la Universidad de Columbia. La prima de Carmen está terminando una maestría en Columbia, así que le pareció perfecto. Le va bien en las clases y hasta ayer por la noche, parecía estar bien.

Paul asintió y soltó la presión de sus manos sobre los brazos de la silla, sin darse cuenta de que ya lo había hecho anteriormente. Se levantó e invitó a Víctor a que avanzara hacia el interior de la casa.

—¿Por fin nos comemos los bistés?

Víctor vaciló durante un segundo, luego asintió y Paul lo condujo al interior de la casa, donde, como le había prometido, le prestó un traje de baño. Paul le mostró una habitación para huéspedes en el piso de abajo donde se podía cambiar de ropa, y luego subió y se cambió él también de ropa.

Cuando bajó, Víctor estaba saliendo de la habitación, y Paul lo llamó hacia la cocina. Sacó dos bistés del refrigerador y le preguntó a Víctor qué otra cosa quería comer.

—¿Ensalada? ¿O es que los hombres de verdad no comen ensalada? —bromeó Víctor.

—No es mucho lo que hay para ensalada. Algo de tomate y de pepino en el refrigerador, creo. Voy a poner estos en la parrilla —dijo Paul mientras quitaba el envoltorio de plástico.

Víctor asintió y metió la cabeza en el refrigerador, y Paul salió a la terraza, donde encendió la parrilla y luego le tiró encima las carnes. La cerró y regresó al interior, donde Víctor estaba picando los vegetales para la ensalada.

—¿Quieres comer aquí dentro o en el exterior? —preguntó Paul mientras tomaba los cubiertos de una gaveta.

—Parece que el tiempo va a estar bueno allá afuera —dijo Víctor.

Paul asintió, recordando todas las veces que Carmen y él habían comido en la terraza. Siempre había sido delicioso sentarse debajo de la sombra de la palma y luego darse un chapuzón en la piscina. Hizo una mueca y se preguntó cuándo dejaría de recordar todas las cosas que había hecho junto a ella.

—¿Paul? —le llamó la atención Víctor, con lo que Paul se volvió, dándose cuenta de que el otro hombre le había ya hecho una pregunta antes de esa.

—Lo siento, Víctor. Estaba... pensando.

Aparentemente, Víctor entendió la distracción de Paul.

—Me imagino por lo que estás pasando, Paul. Las cosas van a mejorar.

Paul se acordó de que Víctor y Connie también habían pasado por un tiempo de separación.

—Sí, recuerdo la fase de mal humor en la vida de Connie. No era fácil estar junto a ella.

El otro hombre se rió brevemente.

—Sí, a mí me pasaba lo mismo. Donde quiera que iba, todo lo que hacía era pensar en ella.

—¿De verdad? —dijo Paul, preguntándose cuánto había durado eso—. Entonces toma un poco de tiempo ¿no es cierto? —preguntó. Ante la mirada confundida de Víctor, Paul aclaró—: Tiempo para olvidar.

Víctor dejó de picar, y lo pensó un poco antes de responder.

—Fue cerca de un mes. Me iba a dormir por la noche y la cama me parecía vacía. Me levantaba por la mañana, me cepillaba los dientes y me acordaba de lo bella que se veía bañándose debajo de la regadera. —Sacudió la cabeza y siguió picando—. Yo nunca me olvidé, pero tú sí lo harás, Paul, con el tiempo. Es que todavía es demasiado pronto.

Demasiado pronto, pensó Paul, refunfuñando por lo bajo, y miró hacia la parrilla. Estaba saliendo poco humo por debajo de la tapa, pero eso le sirvió de excusa para salir y estar más a sus anchas. Se desvió hacia la mesa y dejó caer en ella los cubiertos antes de volver a la parrilla. Cuando llegó allí, abrió la tapa y el humo lo envolvió, haciéndole arder los ojos. Agarró una tenaza, dio vuelta a los bistés, cerró la tapa otra vez y después permaneció allí, pensando en lo que Víctor había dicho.

Habían pasado casi siete semanas desde que había hablado con Carmen por última vez. Siete semanas de infelicidad. De andar por todos lados extrañándola. No pasaba un día sin que se acordara de algo que habían hecho juntos. Algo que lo había hecho reír, sentirse vivo. Sin ella, no había alegría en su vida, sólo dolor.

Antes de conocerla, no se había dado cuenta de que el dolor podía empeorar. Cualquier cosa que hubiera sentido con relación a sus padres y a su hermano, había sido aliviado por el tiempo y porque él se había dado cuenta de que no podía cambiar nada de eso. Pero ahora... el dolor lo acompañaba desde que se levantaba hasta que se iba a la cama. Ahora que pensaba en eso, el dolor estaba con él incluso cuando dormía y soñaba con ella. Con todo lo que habían compartido y todo lo que él había deseado para sus vidas en común.

Escuchó que una de las puertas corredizas se abría a sus espaldas y se volvió. Víctor estaba saliendo de la casa con una fuentecilla de ensalada y platos. Paul se acercó para ayudarlo, agarrando los platos que oscilaban peligrosamente encima de la fuentecilla de ensalada.

—Gracias —dijo Víctor sonriendo.

Paul lo siguió hasta la mesa y colocó en ella los platos. Vaciló durante un momento mientras el otro hombre situaba los cubiertos que Paul había traído anteriormente. Entonces le preguntó:

—Sé que esto puede parecer de poca educación, pero...

—No, adelante. Quisiera que fuéramos amigos, así que pregunta —respondió Víctor y se sentó a la mesa.

—Yo me imagino que tu fortuna es de...

—Es de unos cuantos millones —contestó Víctor honestamente—. Mis padres están muy bien de posición y me han estado dando dinero durante varios años. Y como médico, he podido ahorrar mi propio millón, más o menos.

Paul asintió y agarró el marco de la silla que tenía ante él, apretando fuertemente con las manos el metal.

—¿Nunca pensaste en pedirle a Connie que firmara un acuerdo prenupcial para proteger todo eso?

La respuesta de Víctor fue rápida y directa.

—Jamás. Nunca se me hubiera ocurrido pedírselo.

—¿Por qué no? —le preguntó Paul, deseando saber qué era lo que había hecho a este hombre una persona tan segura.

—Ella me ama. Yo nunca tuve dudas. ¿Las tienes tú? —le respondió rápidamente.

—¿Que si tengo qué? —le contestó Paul, no muy seguro de lo que Víctor quería decir.

—¿Tienes dudas tú de que Carmen te amaba? —insistió Víctor.

Paul había tenido dudas de muchas cosas en su vida. Pero, ¿con respecto al amor de Carmen?

—Siempre me pregunté qué era lo que ella veía en mí. Cómo era que podía amarme de la forma en que lo hacía.

—Me parece que tus dudas no son respecto a su amor por ti. Son respecto a ti, Paul.

Paul apretó aún más la silla, haciendo que la presión le pusiera blancos los nudillos.

—¿Y cómo puedo resolver eso, Víctor? ¿Cómo me convenzo de que una mujer tan bella y con tanto amor como Carmen es capaz de amarme sólo por mí, y por nada más?

Víctor lo estudió durante unos cuantos minutos, y entonces sacudió la cabeza y se encogió de hombros.

—No sé cómo, Paul. Pero si tu corazón no sabe que su amor es lo que te hace querer vivir, ¿qué otra cosa hay?

El humo que salía de la parrilla le evitó tener que responder.

CAPÍTULO DIECINUEVE

Mientras bajaba los escalones de la Biblioteca Lowe y se dirigía de regreso a su apartamento, Carmen se dio cuenta de que lo mejor que podía haber hecho era irse. Las clases le impedían pensar demasiado, y el ambiente de Nueva York le ofrecía pocas oportunidades para encerrarse en sí misma. Había tanto que ver y hacer, le quedaba tan poco tiempo entre las clases y el estudio, que pocas veces pensaba en Paul.

A no ser por momentos como estos, cuando estaba a punto de llegar el fin de semana, y se sentía vacía y sola, excepto por las excursiones que ella o sus primas hubieran planeado. Naturalmente, podía aceptar una de las invitaciones que había recibido de los hombres que estudiaban con ella en la clase, salir con alguien o ir a una fiesta en los predios de la universidad. El problema era que todos parecían tan jóvenes e inmaduros comparados con Paul, y no lograban entusiasmarla como él lo había hecho en esa primera Nochebuena. Parecía que había pasado tanto tiempo, y sin embargo, en sólo un mes iba a cumplirse un año de que ella lo había conocido.

Un año de tantas esperanzas... y de tantas desilusiones.

Sacudió la cabeza como si al hacerlo pudiera sacudir esos pensamientos. El problema era que ya llevaban días en su mente, provocados por la llamada de su hermana con relación al próximo Día de Acción de Gracias. Carmen nunca había estado fuera de casa durante esa celebración, pero este parecía un año de numerosas "primeras veces" y, después de todo, estaba en Nueva York y había tantas cosas que ver en esta época del año. El gran desfile y, pocas semanas después, el árbol de Navidad en el Rockefeller Center. Y luego... las clases terminarían justo antes de las Navidades y ella podría volver a casa, pero no estaba segura de que era eso lo que quería.

Allá iba a sentir el dolor con más fuerza y como al principio. Aquí era más fácil olvidar. Era más fácil encerrarse en el apartamento que estaba alquilándole a sus primos y sanar sus heridas. Para cuando llegara el Año Nuevo, ya ella estaría otra vez en su hogar en Miami. Lista para comenzar un nuevo año y una nueva vida, esperaba.

Tomada su decisión, Carmen cruzó la calle hacia su edificio con la intención de llamar a su familia y contarle sus planes.

Connie caminó sonriendo hacia su escritorio.

—Hola, Paul. ¿Cómo estás?

Paul sonrió y agradeció el haber podido mantener entre ellos una relación armoniosa. Él valoraba tanto su amistad como su talento como agente.

—Bien, ¿y tú?

—Bien. Preparándome para las Navidades, ¿y tú? ¿No tienes planes para el Día de Acción de Gracias? —preguntó Connie.

En realidad, sí los tenía, y sonrió.

—Siéntate para que oigas esto, Connie. Voy a preparar una cena de Acción de Gracias para mi hermano y mis padres. ¿Qué me dices de eso?

Ella se desplomó sobre el borde del escritorio de Paul, evidentemente sorprendida y preocupada.

—¿Estás seguro?... Quiero decir, lo siento, pero... Ellos siempre parecen estar tan ocupados y...

—¿Y dudas que vengan? —Paul puso la mirada sobre la superficie del escritorio, en un sobre procedente de las islas griegas, y se lo pasó a Connie en un gesto dolorosamente familiar—. Me prometieron que iban a tratar de venir. —Levantó la vista hacia ella y la compasión que se reflejó en el rostro de Connie fue difícil de soportar—. Tú me dijiste que comenzara a creer, Connie. Pensé que este era un buen comienzo, aunque puede que me equivoque.

Connie pensó que un buen comienzo pudiera haber sido ir a Nueva York a ver a Carmen. Su amor era algo seguro, aunque pasara el tiempo. Pero su hermano y sus padres eran otra historia.

—Tal vez deberías cancelar y venir a nuestra casa...

—¿Y ver a Carmen? ¿Antes de que esté listo para hacerlo? Eso...

—Ella no va a estar allí —saltó Connie y se dio cuenta de la sorpresa en el rostro de Paul.

—Pero... ustedes... yo pensé que siempre se reunían para las fiestas.

Connie suspiró profundamente y se encogió de hombros.

—Sí, pero me imagino que siempre hay una primera vez para todo, ¿no?

—Sí, pero...

—Carmen decidió que había mucho que ver en Nueva York. El vuelo era caro y también tenía que hacer muchísimas tareas para la clase —le informó Connie, pero sin querer hacerle saber que él mismo había sido una razón importante en la decisión de Carmen.

Paul asintió, tratando de aparentar como si entendiera, pero sin poder hacerlo.

—Bueno, estoy seguro de que tanto ella como ustedes la van a pasar bien.

—Y tú también, Paul. Si las cosas no... funcionan, ven a casa para que comas un poco de pavo a la cubana —le ofreció Connie.

Paul sacudió la cabeza.

—Ellos van a venir —dijo con convicción, aunque sabía que no sólo estaba tratando de convencer a Connie, sino también a sí mismo.

Sus padres habían recibido su invitación con bastante tibieza, pero tal como le había dicho a Connie anteriormente, estaba tratando de tener fe. Si sus padres y su hermano sentían en sus corazones el deseo de unírsele para ese día de celebración —un día que él debía haber celebrado regocijándose en su nueva felicidad, pero que iba a celebrar solo—, entonces aún había esperanzas. Entonces tal vez él podría comenzar a creer en sí mismo, y al hacerlo, en el amor que Carmen y él habían compartido.

Miró de nuevo a Connie, sonriendo con cierta tensión.

—Van a venir —repitió de nuevo, y cuando ella se le acercó y lo abrazó, él la estrechó fuertemente... y con esperanza.

La mesa estaba elegantemente arreglada con vajilla de porcelana y cubiertos de plata. En la cocina esperaban un pavo y varios otros platos, ya casi terminados.

Paul estaba sentado a la mesa del comedor con el traje puesto, esperando. No había recibido ninguna llamada que le explicara esta ausencia. Nada.

Bebió su copa de vino y miró alrededor suyo los elegantes muebles y adornos de su casa. Deberían haberle traído alegría, pero lo dejaron impasible. Todo esto que tenía a su alrededor, todo el dinero que lo había ayudado a tener esto, no podía hacer nada para aliviar el dolor de su corazón. Para aliviar el vacío de otra celebración que pasaba solo.

Y lo único que podría haberle evitado esta soledad, lo que podría haber convertido su casa en un hogar, se había marchado. Sacrificada por todas las cosas materiales que tenía a su alrededor.

Soltó una palabrota y bebió de la copa de vino, se sirvió otro trago, decidido a emborracharse como una cuba para aliviar su desilusión. Durante un instante, había encontrado esa chispa de fe en lo profundo de su corazón y había planeado esta celebración como preparativo para dejar que esa chispa creciera en su interior y diera calor a su corazón.

A medida que pasaban los minutos, la chispa se apagaba, reduciéndose hasta convertirse en una ceniza fría y sin vida. Vació la segunda copa de vino, se incorporó, caminó hasta la cocina y apagó la estufa, donde estaba la mayor parte de la comida. Zafándose el nudo de la corbata, se volvió y empezó a caminar hacia el dormitorio, pero entonces sonó el timbre de la puerta.

Se detuvo en seco, incapaz de contener la alegría que lo invadió. Se precipitó hacia la puerta, la abrió de golpe y se quedó paralizado de la sorpresa. En el umbral estaban Connie, Víctor y sus padres, con los brazos llenos de fuentes y bolsas.

—Dicen que si Mahoma no va a la montaña... —comenzó a decir Connie y le pasó por delante mientras terminaba—... la montaña viene a Mahoma.

Víctor hizo un gesto de resignación con los ojos y siguió a su mujer, mientras Paul permanecía boquiabierto en la puerta.

—Rosa. Roberto. No sé qué decir.

—Di "bienvenidos", hijo, y ayúdame con esto —respondió Roberto y le dio a Paul la bandeja de asar donde estaba el pavo.

Paul la tomó y siguió la comitiva hasta la cocina, donde todos se dedicaron a esparcir los platos por toda la meseta de la cocina.

—¿Cómo es que hiciste todo esto? ¿Cómo sabías? —le preguntó a Connie, y cuando ella le lanzó una mirada de culpabilidad, él se dio cuenta enseguida—. ¿Te pusiste a vigilar la casa?

—Bueno, fui yo quien lo hice —admitió Víctor, colocando una olla sobre la estufa—. Todos los demás estaban ocupados cocinando.

Paul no les despegaba la vista de encima, y mientras sus miradas culpables se encontraban con la de él, se encendió una brasa de esperanza de su corazón que comenzó a brillar otra vez. Sonrió, fue hasta donde estaban Rosa y Roberto y los abrazó a ambos. Víctor se acercó y le estrechó la mano, y luego, finalmente, Paul caminó hasta donde estaba Connie y le dio un gran abrazo; ella lo abrazó fuertemente y le susurró al oído:

—¿Crees ahora?

En ese momento, el sonido del timbre de la puerta interrumpió su respuesta, y Paul se volvió, sorprendido... y esperanzado.

—No es Carmen —dijo Connie inmediatamente, con el propósito de ahorrarle una desilusión.

Paul confió en ella, pero no pudo imaginarse quién podía ser. Caminó hasta la puerta, con Connie y su familia detrás de él, como una mamá pata delante de sus patitos. Por segunda vez esa noche, Paul abrió la puerta y experimentó una sorpresa.

Su hermano, su exesposa y sus hijos estaban parados en la puerta, y detrás de ellos estaban sus padres.

—Sentimos haber llegado tarde, pero cuando Cindy oyó decir que tenías preparada una cena de Acción de Gracias, decidió venir también y nos demoramos arreglando a los muchachos —se excusó su hermano.

Paul los empujó hacia adentro, y a medida que su familia entraba y se encontraba con los González, hubo apretones de manos y presentaciones. En medio de tanta actividad, se sirvió la comida y todos se sentaron rápidamente alrededor de la mesa.

Como si hubiera sido planificado, todos se tranquilizaron y esperaron por él; Paul asintió, le dio la mano a Connie, a su izquierda, y a su madre, a la derecha. Todos lo imitaron y tomaron las manos de las personas que tenían al lado. Paul cerró los ojos, que las lágrimas amenazaban con inundar, e inclinó la cabeza hacia adelante.

—Señor, quiero agradecerte por reunir a nuestras familias para compartir esta cena tan especial. Gracias.

Cuando alzó la cabeza, el asiento vacío en el otro extremo de la mesa le recordó que había algo más que tenía que hacer para que todo fuera perfecto.

Uno, dos, tres, a la derecha y una sacudida de las caderas envueltas en una falda verde brillante de gruesas fibras plásticas. Luego, uno, dos, tres, a la izquierda y otra sacudida.

Carmen meneó la cabeza ante la estrafalaria patinadora que estaba sobre la pista de hielo y se rió, mirando al lado opuesto de la mesa a su prima Alicia.

—¿Pero ella está haciendo eso en serio?

Alicia lanzó una risita ahogada y se encogió de hombros.

—¿Puedes creer que ha estado aquí desde que yo tengo uso de razón?

—Tú estás bromeando, ¿verdad? —preguntó Carmen y mordió el último trocito de su pavo asado.

Alicia González asintió, miró por la hilera de ventanas del restaurante hacia afuera y bebió otro sorbo del vino.

—Mami nos traía aquí constantemente cuando éramos niños. Era casi como una tradición. Un paseo desde Penn Station para ver todas las vidrieras con sus decoraciones de Navidad. Luego, el almuerzo en el Rockefeller Center y, al final, hacia el Lincoln Center para ver el ballet "Cascanueces".

La voz se le enronqueció a medida que terminaban, y Carmen supo que aunque los recuerdos eran lindos, a su prima le resultaban dolorosos.

—La extrañas —le dijo suavemente, identificada con el dolor, pero de otro tipo.

Los ojos de Alicia brillaron con las lágrimas acumuladas que no llegó a derramar.

—Se hace más difícil en ciertas épocas del año. Yo no había estado aquí desde que mami murió, y ¿cuánto tiempo ha pasado? ¿Casi siete años ya?

Carmen asintió y tomó la mano de Alicia tiernamente.

—Gracias por compartir este recuerdo conmigo.

Alicia sonrió con una sonrisa frágil y llorosa, y se secó una lágrima.

—También a mami le hubiera gustado que lo hiciera, después de todo lo que hizo tu familia por ayudarme. Mis veranos en Miami son algo que siempre guardaré en mi memoria como un tesoro.

—Me alegro —respondió Carmen y le hizo señas al mesero—. Bueno, yo no sé tú, pero el chocolate siempre ayuda en momentos como estos.

El mesero le dio un menú primero a Alicia y luego otro a Carmen. Esta dudó sólo un instante y dijo "el *mousse* de chocolate" casi al mismo tiempo que su prima.

Alicia se rió de todo corazón y Carmen se le unió, agradecida por tener a su prima junto a ella y por esta maravillosa temporada en Nueva York.

Carmen estaba sentada a la mesa de la cocina, mirando fijamente el plato de pasta que había recogido en el restaurante italiano de la esquina. La comida olía deliciosamente, y ella estaba segura de que iba a saber igual de deliciosa, pero tenía poco apetito.

Era Nochebuena y debería haber estado en su hogar, en Miami, comiendo puerco asado, frijoles y platanitos con su familia. Pero se negó a irse a casa, insistiendo en que una Navidad en Nueva York sería para ella una experiencia única. Debería haber aceptado la invitación de Alicia de pasar la festividad con ella y su hermano Rafael en su casa de la ciudad. Pero Carmen quería estar sola y se imaginaba que Paul también estaba solo en su casa.

¿Estaría, igual que ella, en la cocina, comiendo una cena comprada en un restaurante y viendo las noticias en la televisión? ¿Había sido así como siempre había pasado él toda esta época de fiestas? Y en ese caso, ¿no tenía él una buena razón para dudar acerca de cómo funcionan las familias? ¿De cómo la gente se ama entre sí? Tal vez ella había sido demasiado dura al juzgarlo y tal vez ese insignificante pedazo de papel no debería haberle importado tanto. Después de todo, ¿lo importante no era que estuvieran juntos?

Su ensoñación fue interrumpida por el sonido del intercomunicador del apartamento. Se levantó y salió de la cocina hacia la bocina junto a la puerta de entrada. Apretando el botón, el ruido de la estática se unió a una voz metálica que no conocía.

—¿Señorita González?

—Sí. ¿En qué puedo ayudarlo? —gritó Carmen por el micrófono para que pudieran oírla.

—Le traigo un paquete. Necesito que firme la entrega —le respondieron.

Carmen refunfuñó, pues no quería bajar los tres tramos de escalera.

—¿No puede dejarlo? —le preguntó.

—Tengo instrucciones precisas, señorita. Y quisiera poder irme para la casa a tiempo para la cena —la instó la voz, lo que hizo que Carmen se apenara del pobre hombre. Era la víspera de Navidad, después de todo, y probablemente él quería estar en su hogar con su familia.

—Enseguida bajo —respondió ella, tomando las llaves y bajando rápidamente los tres tramos de escalera. En la puerta del frente, miró a través del visillo para estar segura. Un hombre alto estaba parado en los escalones, con la gorra bien encasquetada en la frente. Llevaba una barba de chivo oscura y el uniforme de una compañía de entregas muy conocida.

Carmen abrió la puerta, pero se quedó en el umbral. El hombre le alcanzó una tablilla con papeles, la miró fugazmente mientras firmaba y entonces tomó el paquete.

El mensajero le entregó una caja cuadrada de tamaño mediano, de sólo unas pulgadas de altura, envuelta en un brilloso papel de aluminio rojo, sin otras envolturas ni etiquetas con su dirección. Carmen lo sacudió, oyó que algo se movía dentro y estaba a punto de volver a entrar cuando el mensajero le dijo:

—Tengo instrucciones de que lo abra aquí, señorita. —Su voz era áspera y grave, pero sin embargo... a ella le resultaba ligeramente familiar.

Carmen se detuvo, examinó de nuevo al hombre detenidamente, pero él mantenía el rostro hacia un lado, y la gorra le ensombrecía toda la cara, menos los labios y la oscura perilla. Tenía el pelo castaño oscuro también, y largo. Pero no era rubio, pensó, dándose cuenta de que su cuerpo era parecido al de Paul, y también sus labios.

—Señorita —le dijo otra vez—, yo quisiera poder irme a casa esta noche —persistió él con voz insistente.

Carmen examinó el regalo otra vez, se encogió de hombros y rompió el papel, agarrando el paquete con una mano mientras con la otra levantaba la tapa; dentro, vio otra caja cuadrada más pequeña, envuelta también en papel de aluminio rojo. Habían puesto pedacitos de papel como relleno. Sacó la caja más pequeña y se dio cuenta de que el papel de relleno estaba impreso, y un nombre conocido en un trocito del papel captó su atención.

El corazón comenzó a latirle aceleradamente mientras sacaba el pedazo de papel que no tenía más de una pulgada por cada lado, y vio el apellido de Paul y el comienzo del de ella. Volvió a registrar la caja, sacó otro ripio de papel que decía "Acue", con un pedazo de la "e" partida por la mitad. Las manos le temblaban al colocar los pedazos de papel nuevamente en la caja más grande. Sintiendo que las rodillas se le doblaban, se apoyó contra el marco de la puerta para abrir la caja más pequeña. Debajo del papel metálico, estaba el conocido terciopelo de un estuche de anillo. No necesitó abrirlo para saber lo que había dentro.

—¿Quién le dio esto? —le preguntó al mensajero y miró buscando hacia la calle, estirando de un lado al otro la cabeza y haciendo esfuerzos por encontrarlo.

—¿Señorita? —le preguntó el hombre, y ella se le acercó de nuevo, y se dio cuenta de que él estaba de pie, todo tenso, delante de ella. Vacilante, con las piernas temblorosas al hacerlo, ella se estiró, le quitó la gorra de la cabeza y se quedó en las manos no sólo con la gorra, sino también con una melena de pelo castaño.

Carmen respiró entrecortadamente, con el corazón queriendo estallarle en el pecho mientras lo examinaba y descubría su querido rostro, cubierto solamente por la barba castaña oscura, que él se arrancó y tiró en la gorra que ella tenía en las manos.

Carmen se abalanzó en sus brazos y él la abrazó, la alzó en el aire y le dio vueltas.

—¿Puedo entrar ahora? —le preguntó sonriendo, y la besó en la mejilla.

—Dios, sí —fue su respuesta, y se rió, estrechándolo fuertemente contra su corazón, con toda la fe del mundo en que esta vez él se quedaría allí para siempre.